인공지능
시대

인간의 감성을
리딩하라

인공지능 시대

인간의 감성을 리딩하라

초판 1쇄 인쇄일 2016년 6월 8일
초판 1쇄 발행일 2016년 6월 15일

지은이 김미경
펴낸이 양옥매
기획·편집 육성수
디자인 남다희

펴낸곳 도서출판 책과나무
출판등록 제2012-000376
주소 서울특별시 마포구 방울내로 79 이노빌딩 302호
대표전화 02.372.1537   팩스 02.372.1538
이메일 booknamu2007@naver.com
홈페이지 www.booknamu.com
ISBN 979-11-5776-202-6(03320)

이 도서의 국립중앙도서관 출판시도서목록(CIP)은 서지정보유통지원 시스템
홈페이지(http://seoji.nl.go.kr)와 국가자료공동목록시스템
(http://www.nl.go.kr/kolisnet)에서 이용하실 수 있습니다.
(CIP제어번호 : CIP2016013993)

인공지능
시대

인간의 감성을
리딩하라

김미경 지음

책과나무

이석근 금호아시아나 그룹 연수원 부원장

최근 기업교육에서 가장 많은 비중을 차지하는 것이 바로 〈리더십〉 과목이다. 그 이유는 기업의 성과를 향상시키는데 가장 중요한 부분이기도 하지만 리더십에는 정답이 없기 때문일 수도 있다. 많은 학자와 강사들이 리더십의 정의를 외치고 있지만 정작 입맛에 맞는 리더십 정의나 올바른 리더를 위한 지침은 없는 듯하다.

하지만 최근 리더들에게 공통적으로 필요하다고 인식되는 부분이 바로 감성이다. 이에 감성리더십은 최근 많은 학자와 강사들에 의하여 전파되고 있다.

인공지능이 인간의 마음을 황폐하게 만들고 있는 작금의 시대에 감성이야 말고 인간이 인간답게 살 수 있고, 조직이 더 나은 성과를 만들어 내기 위한 필수적인 항목이라 생각된다.

창조경제의 기본도 감성에서 출발한다. 기업의 기(企)자는 사람인(人)자 아래 그칠지(止)자로 구성되어 있다. 기업에 사람이 없으면 기업은 멈춘다는 것이다. 직원들의 마음을 자발적으로 움직여 조직의 성과를 창출하기 위하여 절대적으로 필요한 것은 직원들의 마음을 읽을 수 있는 배려와 열린 마음이다. 그러기 위하여 가장 먼저 갖추어야 할 것이 리더의 올바른 감성이다.

감성이 갑자기 커지기는 쉽지 않지만 내면에 숨어 있는 감성을 찾아, 직원들을 사랑의 마음으로, 긍정의 마음으로 바라 볼 수 있는 도구를 리더들에게 되돌려 주어야 한다.

이 책은 궁극적으로 조직의 리더가 되고 싶어 하는 이들이 왜 감성리더가 되어야 하는지 경험적인 자료를 근거로 제시하고 있다. 항상 따뜻한 마음의 교육자인 김 교수님의 사랑과 열정이 담긴 훌륭한 책을 통하여 가치 있는 리더, 존경 받는 리더가 되는데 도움이 될 것으로 확신한다.

곽수근 서울대 경영학과 교수

급변하는 경영 환경 속에서 뛰어난 업적을 내야하는 기업의 고민이 커지고 있는 현실 상황에 당면해 있다. 또한 인공지능의 발달로 혼돈의 상황인 현 시점에 인간의 감성을 다루는 한 권의 책이 적절한 시기에 우리에게 찾아왔다.

저자는 여성으로서 오랜 세월 한결같이 묵묵히 기업 및 산업 현장과 이론실무를 겸비한 현장가이기도 하다. 인간감성의 중요성을 일깨우고 다시 한 번 경영 현장과의 합치점을 도출하여 이 시대에 감성경영 해결 방안으로 미래 방향의 KEY를 제시하였기에 적극 믿고 구독하실 것을 권한다.

김미라 민트 컨설팅 대표/한국 VM연구회 부회장

사회 전반에 이슈인 단어는 단연 "감성"이 아닐까 한다. 정제된 틀에서 반듯이 생활해 온 것이 과거라면 지금은 개개인의 행복과 남들과 다른 나만의 감성이 표출되고 있다. 감성의 사회에는 감성의 리더가 필요한 법!

'감성의 리더십'은 현재가 가장 필요로 하는 것이지만 가장 어려운 숙제이기도 하다. 가정에서, 회사에서, 학교에서 우리는 누군가의 리더십에 의해 움직이거나 내가 그 리더십을 발휘를 하기도 한다. 그런 측면에서 "감성리더십"은 리더이건 아니건 '우리'에게 꼭 필요한 내용이 아닐까 한다. 또한 에피소드 형식의 내용은 남녀노소를 막론하고 즐겁게 읽고 쉽게 공감할 수 있어서 더욱 흥미롭게 리더십을 전달한다.

지금 시대에 꼭 필요한 내용임은 물론이고, 모든 일에 열심이신 김미경 교수님의 서적이라 믿고 보는 것은 아닐지!

김미성 MPC 대한항공 예약 발권센터

이 책을 보며 나는 '착한 리더증후군'에 속한 리더였다는 사실을 알게 되었고 놀랐다. 그건 진심으로 그들을 대하는 태도가 아니었다. 감성을 터치하는 진정한 리더가 무엇인지를 깨닫게 해준 책이다. 고민하고 있는 리더들에게 이 책은 자신의 모습을 찾고, 감성리더십의 중요성과 해법을 찾는데 도움이 될 것이다.

김완태 대한항공 운항훈련원 원장

1978년부터 2001년까지 경영을 담당했던 사우스웨스트 항공의 전 CEO 허브 캘러허의 탁월한 감성리더십은 인공지능시대를 앞두고 있는 현 시점에서 많은 경영자들에게 본보기가 되는 것 같다. 또 사람중심의 신뢰와 존중을 바탕으로 한 글로벌 프로 리더의 모습으로 다가와 깊은 감명을 받았다. 또한 전문가로서 사람중심의 감성경영 메시지를 전달하고자 하는 저자의 가치관 도 알 수 있기에 적극 구독을 강추한다.

김지묵 단국대학교 산학협력 중점교수

감성경영이 이제는 대세이다. 왜? 사람이 중심으로 돌아가는 세상이기 때문이다. 경영을 위해 다양한 활동을 해야 하지만 그 중심에는 항상 사람이 있기 때문이다. 사람을 위한 경영, 사 람의 마음을 사로잡는 경영. 그것이 바로 감성경영이 아닌가 한다. 이런 관점에서 감성경영을 강의하고 실천하는 김미경 교 수의 모습이 아름답다.

나명옥 식품저널 편집국장

감성리더십을 다룬 이 책은 조직의 리더뿐만 아니라 구성으로 서 살아가는 모든 사람에게 필요한 책이다. 감성리더십의 개념 부터 감성리더십을 도입했을 때의 효과에 이르기까지 이해하기 쉽게 잘 나와 있다. 역사 속 동서양의 감성 리더들을 책에서 만 나는 재미도 쏠쏠하거니와 실존하는 글로벌 감성 리더들과 우리가 잘 알고 있는 국내 유명 기업의 감성 리더들의 모습에서 보고 배울 점이 많다.

글의 단원이 끝나는 부분마다 글의 핵심 요소를 제대로 이해했는지 점검해보고 스스로의 생각을 정리해보는 '생각해보기' 코너는 감성리더십의 우등생으로 올라갈 수 있는 계단이 될 것 같다. 이 책을 처음부터 끝까지 꼼꼼히 잘 읽고 하나하나 실천해 나간다면 소통의 달인이 되어 조직의 성공적인 리더가 되는 열쇠를 선물 받는 셈이 될 것이다.

방장식 단국대학교 산학협력단 부단장/생명공학 창업보육센터장

시대적 리더십의 변천과정을 따르지 않더라도 현실적으로 인간 사고의 변화에 따른 감성리더십의 발굴은 혁신적이고 창조적인 제안이다. 리더가 행하는 것은 인간내면의 숙성된 사고의 발현이라고 할 수 있다. 이에 감성이라는 접두어를 통하여 생성 될 창의적이고 융합적인 다양한 리더십이 펼쳐질 것이다.

산학협력분야에서 대학에서 전문가 양성 교육과 기업에 혁신적 사고와 창조프로그램 전도자로서 산학연관 코업을 통한 선순환적 창조물을 도출하기 위해 감성적 리더십의 필요와 중요성을 제시한 김미경 박사에게 박수를 보낸다. 책 속에 있는 〈생각해 보기〉코너에서 나는 다양한 사고의 충돌로 책을 덮고도 결론을 내지 못하고 있다.

심건식 KPC 한국 생산성본부/대전 충청지역본부 천안사무소 소장

1920년대 메이어 교수의 호손 공장에서 현장 생산성에 대한 연구는 뜻밖의 결과가 나왔다. 생산성이 향상된 것은 물리적인 요인이 아닌 단지 실험을 위해 작업자와 나눈 대화가 작업자의 "감성"을 건드려준 결과였던 것으로 나타났기 때문이다.

시공을 뛰어넘어 이 시대 다시 한 번 인간의 감성을 두드린 의미 있는 책이 나왔다. 정보화와 인공지능이 난무하는 시대에 인간만이 갖고 있는 감성의 의미를 되짚어보고 감성을 통한 인간의 능력을 논하고 있는 김미경 교수님의 "감성리더십"이다.

누구라도 그 의미를 알기 쉽게 이해할 수 있도록 제시한 촌철살인의 사례는 물론 한국적 토양에서 그리고 향후 첨단 산업분야에서 감성리더십을 어떻게 살려나갈 것인가에 있어서는 저자의 탁월한 독창성이 돋보인다. 필히 일독이 아닌 다독을 권한다.

이억수 현) 25대 공군 전우 회장

국가경영이든 기업경영이든 그 중심에는 "사람이 핵심"이 되어야 한다. 인공지능(AI) 시대에 돌입하는 시점에 저자의 감성경영에 있어 감성리더십의 혜안은 대단히 예리하다. 오랜 기간 무엇이든지 책임감을 갖고 경영해 온 저자는 인간존중의 정신이 탁월하다. 기업인이든 누구든 지금 바로 구독하고 그 깨달음을 바탕으로 실천 해봄직 하다고 생각한다.

안창근 ㈜푸드앤 프랜차이즈 컨설팅 대표/전 ㈜롯데리아 총괄본부장

현대 경영요소가 중요한 사람, 즉 인재의 질과 충성도, 창조성이 중요시되는 바 조직의 리더는 어떤 방법으로 조직의 목표를 향한 공동의 힘을 집결시키는데, 그 바탕에는 감성의 힘이 조직역량을 극대화시키는 수단으로 중요한 요소가 된다. 이 책은 그런 요소의 힘을 집약시키는 접근 방법이 독자적인 책으로 평가된다.

이수혜 이엔코스 대표

기업의 경쟁력은 사람이라고 한다. 기업을 운영하다 보면 누구나 겪는 어려움 중의 하나가 바로 사람이다. 아무리 좋은 환경에 시스템을 갖춘 회사라도 사람 경영에 실패하면 비용손실과 효율 경영에 어려움을 겪을 수밖에 없다.

사람을 다스리고 세우는 일, 그리고 그들의 역량과 장점을 드러낼 수 있도록 돕는 감성리더십이 인공지능과 컴퓨터가 다양한 분야로 확대되는 현재와 미래에서 기업을 지키고 성장시키는 핵심이다. 어려운 경제상황 속에서도 기업을 건강하고 활력 있게 이끌어 갈 수 있도록 지혜와 비전을 주는 감성리더십! 이 책을 통해 기업을 운영하면서 풀지 못했던 숙제를 풀고 가는 느낌이다.

오광람 한국 보싸드(주) 대표

중소기업을 경영하는 CEO의 한사람으로서 항상 어떻게 하면 조직원 스스로가 리더십을 발휘하여 주인의식을 가지고 올바른 의사결정과 행동으로 역량을 키워나갈 수 있을까를 고민하고 이었다. 그런데 이책은 "감성리더십"을 정의부터 방법론, 도입에 이르기까지 구체적인 사례를 들어 알기 쉽게 풀어 설명하였고 특히 "생각해보기"의 여러 질문들을 통해 "감성능력"을 키우고 접근할 수 있는 방향을 제시하였다.

  특히 조직원들의 각 세대간 사고와 인식의 변화가 다른데 동기부여 및 리더의 효과적인 대응에 도움이 될 좋은 지침서이다.

이정호 단국대학교 산업협력 중점교수

이세돌과 알바고와 바둑대전은 인공지능이 전 세계적 으로 큰 이슈가 되는 큰 이벤트였고, 이런 광풍은 2016년 4차 혁명의 시작을 알리는 분명한 터닝 포인트였다. 그러나 인공지능은 표면적 수준과 겉으로 묘사하는 하는 것이 한계다. 즉 통계적 기계적인 출력의 데이터에 불과하고 실제적 감정(감성)에는 무반응한다.

  "감성리더십"의 출간은 이 시대에 요구되는 소통과 공감을 통한 지침서가 되기에 충분하다. 사람과 경영을 중요시 여기는 따뜻한 김미경 교수님! 수고하셨고 축하드려요.

전기영 ㈜빌리엔젤 점포개발팀장

팀을 이끄는 팀장으로서 어떻게 조직원들의 성과를 이끌어 낼 수 있을지에 대해 항상 고민하던 찰나 이 책을 만나게 되었다. 여러 구체적 사례와 세심한 내용을 통하여 내가 추구해야 할 리더십의 방향을 바로 잡을 수 있었다. 근무 성과만을 위해 팀원들에게 지시하는 일이 아닌 팀원 개개인의 발전과 역량을 키울 수 있게 믿음과 신뢰를 주는 방향을 제시해 준다면 그 안에서 높은 업무 성과는 따라오게 된다는 것을 깨닫게 해주었다.

소통과 감성이라는 분야가 개인적이고 주관적인 것이 아닌 일과 삶 속에 공통분모로 사용해야 함을 일깨워준 이 책을 나와 같은 고민을 하고 있는 모든 리더들에게, 또 리더가 되기 위해 오늘 하루도 열심히 뛰고 있는 친구들에게 적극 추천해 주고 싶다.

왜 오늘날 우리는
감성을 이야기하는가?

젊은 시절 막연하게 말을 주로 하는 직업을 가져야겠다고 생각했었다. 어린 시절과 학창 시절 너무 말없이 행동으로만 보여왔던 나의 모습에 대한 반전이자 역발상이었던 것 같다.

생각은 참으로 무서운 힘을 지니고 있는 것 같다. 나에게 말은 단순히 소통의 도구로써가 아닌 나의 정체성 또는 경제활동 그 이상의 의미로 자리 잡게 되었다. 늘 홍보 역활 등 마다하지 않고 활동하였고, 그러다보니 소통의 도구로서 말은 나에게 중요한 의미가 되었다.

그러나 사회적 인간으로서 제대로 역할을 못하고 화합을 못하고 많은 실수도 있었다. 아쉬움도 이제 와서 보니 기억 속에 남아 있기도 하다. 그러나 자신의 정체성을 말로 표현하고 산다는 것도 행복한 일이라 생각하며 항상 그 중심에는 함께 했던 사람이 중심이 되어 있었음을 깨닫게 되었다.

사람과 소통하며 살아간다는 것은 이성만이 존재하는 기계가 아닌 감성을 지닌 주체와의 관계이었기에 지치지 않고 부대끼며 "사람과 경영"이라는 화두 속에서 지금껏 여기까지 올 수 있었던 원동력이 되었던 것 같다.

역시 감성을 지닌 인간과 말이라는 소통의 도구를 갖고 화합하며 리딩하는 사회적 인간관계는 참으로 행복하다.

1990년도 9월 모 방송 제작부의 AD(조연출)로 첫 직장이 시작되어 그동안 몇 번의 이직도 있었다. 그러나 얼추 25년간 한 인간으로서 경제활동을 지속적으로 함에 있어 나의 화두였던 "사람과 경영" 그 중심에 서서 소통과 화합을 위한 감성경영으로 조그마한 학문으로서의 영역과 기업에게 조그마나 보탬이 되고자 이 글을 시작하게 되었다. 그 중에서도 최근 글로벌 기업 한국 보싸드㈜의 2015년 9월부터 2016년 2월까지 6개월 동안 "칭찬을 통한 감성경영실현 프로젝트"를 실시하였다. 오히려 함께 했던 직원들보다 내가 더 많은 생각과 행복을 느낄 수 있었던 시간이 되었고, 책으로나마 세상 밖으로 나오는 계기가 되어 다시 한 번 오광람 대표님과 임직원 분들께 고마움을 전한다.

2016년 3월, 이세돌 9단과 구글의 AI 알파고와의 바둑대결은 전 세계 사람들의 관심을 끌었다. 이 대결은 결국 1202개의 중앙처리장치를 갖춘 알파고의 승리로 끝나면서 AI의 발전 가능성에 대하여 많은 시사점을 남겼다.

AI에 대한 논란은 알파고가 관심을 얻기 예전부터 있어왔다. 이미 AI는 인간의 영역 곳곳에 들어와 있다. 단순 노동은 물론이고 지적 영역에까지 AI가 활용되고 있는 현실이다. 자율주행 자동차까지 등장하고 있는 오늘날, 점점 인간이 해야 할 일을

AI가 대신하고 있다.

그럼에도 불구하고 예전부터 철학적으로 논란이 되어 온 부분, 즉 AI가 인간성을 가질 수 있는가에 대한 논의도 지속적으로 검토 연구되어야 할 부분이라고 생각한다. 알파고의 경우, 이세돌 9단을 이기기는 했지만 이는 '닫힌 세계'에서의 빠른 확률의 계산, 프로기사들의 기보에 대한 학습에 대한 결과인 것이지 인간이 가지고 있는 감성, 창의력 부분은 아직 AI가 따라오지 못하고 있다. 따라서 감성의 부분은 아직 인간의 고유 영역으로 남아 있다. 인공지능과 감성경영의 공존과 조화가 기업 발전의 코어(core)가 되리라 진단해 본다.

이제 감성은 사회와 문화를 이끄는 원동력이 되었고, 이는 점차 심화될 것이다. 따라서 조직관리에서도 감성리더십이 중요해지고 있다. 이제 사회적 분위기에 따라 직원들의 감성을 이해하고 배려하며 구성원들과의 긍정적인 관계를 유지해야 하기 때문에 조직 내에서 기존의 상명하달식 리더십은 호응을 얻기가 어려워졌다. 이러한 의미에서 본 책은 5부로 나누어 다음과 같은 내용을 담고자 한다.

우선 1부에서는 너무 생소한 개념이 알파고로 인해 확실하게 인지된바 간단하게 인공지능 기본개념만 설명하였다.

2부에서는 감성리더십이란 무엇인지를 전반적으로 살펴볼 것이다. 리더십의 변천사를 살펴보며, 감성리더십이 나오게 된 배경과 감성리더십의 특징, 감성리더십의 효과 등을 다루고자 한다.

3부에서는 감성리더십에 대한 사례들을 보고자 한다. 감성리더십의 특징에 따라 한국, 미국, 유럽, 중국 등 세계의 다양한 현재 사례들을 제시하여 이해하기 쉽도록 이야기를 해보도록 하겠다.

4부에서는 한국 기업에 감성리더십을 도입해야 하는 필요성과 도입하였을 때의 효과 그리고 도입하였을 때의 한국의 기업 문화가 어떻게 변화할 것인지에 대하여 예상을 하는 것을 마무리 할 것이다.

5부에서는 한국의 미래 신성장 산업을 위한 감성리더십 분야로 해서 성과중심인 지금의 현시점에서 인간의 감성과 이성의 양면성 가운데 잘 조화롭게 인간으로서의 삶의 중심을 조금이나마 작성하는 것으로 구성하고자 한다.

끝으로 1년이 넘도록 오래 긴 시간 함께 자료 검토 등 도움을 주었던 육성수님께도 고마움을 전한다. "사람과 경영"의 화두를 갖고 늘 논의하고, 많은 부족함을 지닌 인간임에도 불구하고, 함께 협력의 길을 걷고 있는 김우병, 박용성, 유선준, 이정호, 김지묵, 김주환, 김두복, 이자민 등 여러 분들께 거듭 고마움을 전한다.

2016년 5월 15일
김미경

■ 목차

❸ 감성리더십은 어떻게 발휘되어 왔는가?

❹ 감성리더십을 한국의 환경에서 어떻게 적용할까?

❺ 한국의 미래신성장산업을 위한 감성리더십

인공지능 시대

인간의 감성을
리딩하라

1

인공지능이란
무엇인가?

인공지능의 개념
인공지능의 변천과
인공지능과 감성

1
인공지능의 개념

컴퓨터와 인공지능

21세기에 들어서면서 인공지능에 대한 연구가 활발히 이루어지고 있고, 2016년 초 이세돌 9단과 구글의 알파고와의 바둑 시합이 세계인의 주목을 끌면서 인공지능에 대한 관심이 커지고 있다.

사실상 인간과 컴퓨터와의 대결은 이전부터 있어 왔다. 최초의 대결은 1997년에 IBM이 개발한 딥블루와 세계 체스 챔피언인 가리 카스파로프와의 체스 경기였다. 이 대결에서 딥블루가 승리하였다. 또 2011년에는 역시 IBM이 개발한 왓슨이 미국의 인기 있는 퀴즈쇼인 '제퍼디'에 출연하여 퀴즈의 달인들과 대결하여 승리를 거둔 바 있다.

인공지능은 정보산업 분야에서 최첨단이라고 할 수 있으며, 가장 기대되는 산업이기도 하다. 그렇다면 기존에 우리가 사용하고 있는 컴퓨터와 인공지능은 어떻게 다른가?

기존의 컴퓨터는 단순히 인간이 만들어 놓은 알고리즘에 따라 빠르고 정확하게 주어진 문제를 해결하는 것이었다. 앞에서 언급한 딥블루와 왓슨, 알파고를 비교해보면 컴퓨터와 인공지능과의 차이를 대략 알 수 있을 것이다.

딥블루는 단순히 체스만을 위한 컴퓨터였다. 체스는 8X8이라는 공간 안에서 일정한 규칙에 따라 말을 움직이는 게임이다. 따라서 어떤 말을 어디에 두면 어떤 일이 일어날 것인지에 대한 빠른 계산이 가능하다. 즉 딥블루는 생각을 하기 보다는 계산을 하는 컴퓨터인 것이다.

IBM사의 왓슨

반면에 왓슨은 인간의 자연언어를 이해하고 비정형화된 자료로부터 추상적인 개념과 개념 사이의 관계를 학습할 수 있는 능력을 가지고 있다. 왓슨이 출연한 퀴즈쇼에 나오는 문제는 역사, 문학, 미술, 스포츠 등 다양한 분야를 다루고 있으며, 단순 암기식만으로는 답을 맞출 수 없고 여러 번 생각하여 유추하여 풀어야 하는 것이 대부분이다. 왓슨은 퀴즈쇼에서 승리한 뒤 보험회사에 들어가 다양한 환자들에 대한 정보를 취합하여 컨설턴트 업무를 수행했다. 왓슨은 프로그램을 수정하면 법률, 의료 등 다양한 분야에서 활용될 수 있다.

한편 구글의 알파고는 체스를 둔 딥블루와는 다르다. 바둑은 19X19의 판 위에서 10의 360 제곱의 경우의 수가 있는 게임이다. 따라서 이 많은 경우의 수를 주어진 시간 안에 모두 계산하는 것은 불가능하다. 알파고는 학습을 통하여 중요한 수로만 제한을 하면서 어떤 수를 두어야 유리한지를 찾아내어야 한다. 알파고는 바둑의 고수들이 어디에 수를 두는지를 예측하는 능력을 가졌고, 그에 따라 대응하는 능력을 갖춘 셈이다.

이와 같이 컴퓨터는 정형적이고 폐쇄적인 공간에서 빠른 연산을 하거나 입력되어 있는 값을 찾아내는 것에 불과하지만, 인공지능은 비정형적이고 열린 공간에서 추론하고 학습하여 답을 제시하는 능력을 갖추고 있다는 점에서 큰 차이가 있다.

인공지능이란?

컴퓨터와 인공지능을 비교하는 과정에서 인공지능이 무엇인지 대략 이해가 되었을 것이다. 하지만 인공지능의 정의에 대해서는 아직 학자들 간에 많은 논란이 있다. 그 이유는 인간의 지능에 대한 정의가 불확실하기 때문이다. 인간의 지능이 어떠한 요소로 이루어져 있는지, 인간의 의식과 자아, 무의식을 포함한 심리가 무엇인지 등에 대한 학자들마다 의견이 분분하다. 지능에 대하여 학자들마다 다양한 정의들이 있지만 일반적으로 지능이란 문제해결을 위하여 경험적 요소와 상황적 요소를 활용하는 능력을 말한다. 즉, 경험을 통하여 생각하고 추론할 수 있으며, 새로운 상황에 맞도록 대처할 수 있는 능력이다. 이를 위해서는 새로운 지식을 습득하여 이를 응용할 수 있어야 한다.

일반적으로 인공지능이란 인간이 지능을 가지고 하는 일을 기계가 대신할 수 있는 학문 혹은 기술을 의미한다. 이는 많은 데이터를 토대로 한 지식을 기계가 개발하고 사용한다는 의미이다. 철학적 관점에서 인공지능은 약인공지능과 강인공지능, 초인공지능으로 나눌 수 있다.

우선 약인공지능이란 정의된 규칙에 의해서 특정분야에서 뛰어난 강점을 보이는 인공지능을 말한다. 앞서 말한 왓슨이나 알파고는 아직 약인공지능에 속한다.

반면에 강인공지능이란 인간의 사고와 같이 컴퓨터 시스템이 사고하고 행동하는 시스템이다. 강인공지능은 감정이나 생각을 가지고 있다는 점에서 약인공지능과 차이가 있다. 1970년대부터 오늘날까지 인기를 얻고 있는 스타워즈에 나오는 3PO나 R2D2와 같은 로봇이 강인공지능에 속한다고 볼 수 있다. 많은 사람들은 곧 강인공지능을 만들어 내어 사람이 할 수 있는 일을 대체할 수 있을 것이라고 생각하고 있다.

초인공지능은 창조성과 사회적인 능력을 갖춘 시스템을 말한다. 모든 분야에서 인간보다 뛰어난 지능을 가지고 있는 것으로 많은 사람들은 초인공지능이 등장하면 인류가 멸망할 수도 있다고 우려하고 있다. 1970년대에 나왔던 애니메이션 "신조인간 캐산"이나, 1990년대~2000년대에 나왔던 영화 "매트릭스", "터미네이터" 등에 등장하는 인공지능이 초인공지능이라고 볼 수 있다.

1950년에 알란 튜링(Alan Turng)은 컴퓨터와 인공지능을 구별하기 위한 테스트를 제안했는데, 측정자가 단말기를 통하여 서로 다른 방에 있는 인간과 컴퓨터에게 여러 가지 질문을 했을 때, 측정자가 인간의 응답인지 컴퓨터의 응답인지 구별할 수 없으면 그 컴퓨터는 지능을 가지고 있다고 볼 수 있다고 하였다.

2
인공지능의 변천과정

인공지능이라는 용어는 1956년 다트머스(Dartmouth) 학회에서 존 매카시(John McCarthy)에 의하여 처음 사용되기 시작하였다. 하지만 용어가 등장하기 이전부터 기계가 인간과 같이 생각하고 행동할 수 있을지에 대한 논의와 연구는 있어왔다.

19세기 초 수학자였던 찰스 배비지는 처음으로 자동계산기에 대한 가능성을 제시하였다. 그가 생각한 자동계산기는 기억장치, 연산장치, 제어장치, 입출력장치로 구분되어 있어 오늘날의 컴퓨터의 기본 요소를 갖추고 있었다. 그는 1823년 삼각함수를 계산하여 종이에 인쇄하는 차분기관을 만들었으며, 또한 1830년대에는 방정식을 순차적으로 풀 수 있는 기계식 계산기 해석기관을 설계하기도 했다. 찰스 배비지와 레블레이스는 함께 작업을 하던 중에 기계가 인간과 같이 생각할 수 있는지에 대하여 토론을 하기도 했다.

생각하는 기계에 대한 아이디어는 19세기 말과 20세기 초반 심리학, 언어인지학, 신경학 등의 발전과 더불어 다시 등장하였다. 특히 신경학에서 인간의 뇌가 뉴런으로 이루어진 전기적인 네트워크라고 보는 주장이 나오고, 세계 2차 대전 중에 컴퓨터의 개념이 발전하면서 1940년 후반과 1950년대 초반에 수학, 공학, 경제, 철학 등 다양한 분야에서 인공적인 두뇌를 만들 수 있다는 가능성이 제기되었다. 그 예로 1950년 미국의 수학자인 클라우드 섀넌은 컴퓨터가 체스게임을 할 수 있도록 하기 위하여 노력을 했었다.

1956년에 인공지능이 학문의 분야로 들어섰다. 마빈 민스키와 존 매카시, 그리고 IBM의 수석 과학자인 클로드 섀넌과 네이선 로체스터는 다트머스 컨퍼런스를 개최했는데, 여기에 수십 년 동안 인공지능 연구와 관련한 중요 프로그램을 만들어 왔던 사람들이 참석을 하였다. 이 컨퍼런스에서 인공지능이라는 용어를 채택하였고, 연구의 지향점이 논의 되었다.

초기 관심기(1957-1968)

다트머스 컨퍼런스 이후에 새롭게 등장한 인공지능 영역은 빠르게 발전하기 시작하였다. 대수학을 풀어내고 기하학의 정리를 증명하거나, 영어를 학습하는 프로그램이 등장하여 많은 사람들을 놀라게 했다.

1957년에는 프랭크 로젠블라트가 신경망 학습 방법인 델타

룰(delta rule)과 이를 이용한 최초의 실제적인 인공 신경망인 퍼셉트론이 개발되었는데, 이는 인공지능에 있어서 획기적인 업적이었다.

이 시기 많은 사람들은 인공지능이 가능할 것이라고 생각하기 시작했으며, 학자들도 10년 이내에 인공지능을 만들어 낼 수 있을 것이라는 낙관론을 펼쳤다. 이에 따라 여러 기관들이 인공지능 발전에 많은 자금을 지원해 주기 시작하였다.

침체기(1969-1979)

1969년 미국 MIT의 마빈 민스키 교수와 시모어 페퍼트는 로젠블라트의 퍼셉트론의 한계를 수학적으로 분석한 《Perceptron》이라는 책을 저술했다. 이 책은 퍼셉트론을 통하여 궁극적인 인공 지능을 실현할 수 있을 것이라 믿었던 인공 두뇌학자들에게 큰 충격을 주었다. 이 책의 출간과 더불어 인공지능 분야에서 큰 진전이 나타나지 않자 인공지능 개발을 지원하던 기관들이 지원을 중지하게 되었다.

이 시기의 문제점은 당시 메모리의 양이 적었으며 처리 속도가 늦었고, 영상이나 자연어 처리에 엄청난 정보를 가져야 하는데 이를 해결할 수 없는 방법이 없었다. 이러한 문제는 이후 기술의 발전과 빅데이터의 등장 등으로 해결이 된다.

활성기(1980-1988)

1980년, XCON이라 불리는 전문가 시스템이 디지털 장비 회사인 CMU에서 완성되었다. 전문가 시스템이란 특정 지식의 범위에 대해 문제를 해결해주거나 질문에 대답해주는 프로그램으로 전문가의 지식에서 파생된 논리적 법칙을 사용하였다. 이 시스템은 매우 큰 성과를 나타내어 상당한 경비절감을 가져오게 되자 대부분의 미국 기업에서 관심을 가지고 개발하기 시작하였다.

이 시기는 지식을 기반으로 한 시스템을 개발하여 한계를 극복하고자 하였다. 그리하여 Cyc라는 거대한 데이터베이스를 만들어 상식 문제에 대한 직접적인 해결을 시도하였고, 주로 검색에 초점이 맞추어져 있었다.

융성기(1989-현재)

1980년대 말부터 퍼셉트론 이론에 대한 재연구가 이루어졌다. 페셉트론과 기호처리 방법을 통합하려는 시도가 나타났으며, 인공지능과 다른 분야와의 융합 연구가 활발하게 이루어지고 있다.

1990년대 초부터 '지능형 에이전트'라고 불리는 새로운 패러다임이 독립된 분야로 발전하였다. 지능형 에이전트 시스템은 환경을 인식하고 성공을 가장 극대화 할 수 있는 행동을 취한다. 지능형 에이전트는 특정한 목적을 위해 사용자를 대신해서 작업을 수행하며, 독자적으로 존재하지 않고 운영 체제나 네트워크와 같은 환경의 일부이거나 그 안에서 동작한다. 지능형 에이전트는 스스로 환경의 변화를 인지하여 그에 대응하며, 학

습도 할 수 있다. 2000년에 들어와 이러한 지능형 에이전트와
정보검색 연구가 활발하게 이루어지고 있다.

3
인공지능과 감성

산업혁명 이전에 인류는 신체적 노동을 통하여 생활을 영위해왔다. 하지만 산업혁명 이후 점차 신체적 노동에 관한 일자리는 줄고 있고, 지적 노동과 감성 노동이 증가하여 왔다.

현재 인공지능의 발전으로 인하여 10~20년 내에 인간의 지적 노동도 사라질 것으로 보고 있다. 인간의 뇌보다 더욱 정보를 빠르게 처리할 수 있기 때문이다. 이미 인공지능은 추론이 가능하게 되어 여러 가지 산출될 수 있는 결과물 중에서 가장 나은 것을 제시할 수도 있고, 보고서도 작성할 수 도 있게 되었다.

한편 감성의 영역도 일부 인공지능이 수행할 수 있다. 구글의 딥 드림은 추상화를 29점이나 그렸고, 미국 예일대의 쿨리타는 음계를 조합하여 작곡도 했다. 이제 인공지능이 소설을 쓰거나 방송 시나리오를 쓰는 것도 머지않아 가능할 것이라는 예측도 나오고 있다. 이러한 예술적인 작업을 수항할 수 있다는 것은 인공지능이 감성을 가지고 있다는 말인가? 아직까지는 인공지능이 감성을 가지고 있다고는 말할 수는 없다. 현재까지는 빅데이터를 이용하여 인간이 좋아하는 패턴을 분석하여 그 패턴에 맞는 예술 활동을 하고 있다고 볼 수 있으며, 기존에 없는 새로운 것을 만들어 내는 것은 아직까지는 불가능해 보인다.

인간은 자신이 본 세상을 언어를 사용하여 표현한다. 하지만 인간이 사용하는 언어는 세상을 정확하게 표현하기에 한계가 있다. 그래서 인간사회에서는 암묵적인 동의나 약속이 필요한 것이다. 인공지능도 역시 인간의 언어라고 하는 한계 속에서 추론하고 표현할 수밖에 없을 것이다. 하지만 인간과 다른 동물, 인공지능과는 구별되는 큰 차이가 아직 존재한다. 그것은 바로 추상적인 개념을 인간이 가지고 있다는 것이다.

선과 악과 같은 추상적인 개념은 인공지능도 이해하게 될 수 있을 것이다. 사실상 선과 악과 같은 개념은 교육, 즉 학습을 통하여 얻어지는 것이기 때문이다. 하지만 인간이 가지고 있는 기쁨, 분노, 슬픔, 즐거움, 공포와 같은 추상적인 개념을 인공지능이 이해하기에는 긴 시간이 걸릴 것으로 보인다. 그리고 새로운 언어와 개념을 만들어 내는 일도 역시 인공지능은 수행할 수 없다. 이는 사회적 약속이기 때문이다.

이제 인공지능이 인간을 대신할 수 없는 영역은 선택의 영역과 희로애락과 같은 감성의 영역이 될 것이다. 선택의 영역이라고 함은 주요 의사결정과 같은 일을 말한다. 법률 제정, 정책 결정, 회사의 주요 결정은 인간의 이기심과 연관이 되어 있기 때문에 인공지능이 수행하도록 하지 않을 것이다. 감성의 영역은 인간의 생물학적 요소와 관련이 있다. 프로이드에 의해 등장한 심리학에 따르면 인간의 심리는 id, ego, super-ego의 상호 간섭을 통하여 발전하거나 변화한다. 하지만 아직까지의 인공지능은 이러한 동적 요소를 이룰 수 없고 프로그래밍과 학습에 의한 정적 요소를 통하여 판단하고 일을 수행할 뿐이다.

인간의 사고에 영향을 주는 것은 인간이 가지고 있는 풍부한 감성에 의한 것이다. 인공지능이 인간과 같은 풍부한 감성을 가지기에는 먼 미래의 일로 남아 있고, 인간이 가지지 못하도록 할 수도 있다. 이제 우리는 감성의 시대에 접어들었고, 감성이 더욱 소중해지고 주요 이슈가 되는 사회가 될 것이다.

▤ 생각해 보기

· 인공지능이 인간을 지배할 수 있는가?

_____

_____

_____

· 인공지능으로 인한 미래의 직업에는 어떻게 변화를 가져오리라 진단하는가?

_____

· 인공지능과 감성경영의 공존과 조화가 기업발전에 어떤 영향을 미치
리라 생각하는가?

인공지능 시대

인간의 감성을
리딩하라

2

감성리더십이란
무엇인가?

1
리더십의 정의와 변천 과정

리더와 리더십

고대 그리스 철학자 아리스토텔레스는 "인간은 사회적 동물"이라고 하였다. 생물학적으로 인간의 눈은 앞에 있기 때문에 다른 동물들에 비하여 시야가 좁다. 이러한 사실은 진화학적인 측면에서 원시 인류부터 항상 누군가가 자신의 뒤를 봐 주었다는 것을 의미한다.

아리스토텔레스

즉 인류는 진화과정에서도 단체생활을 하면서 위기를 알려주었다는 것이다.

현대 사회가 아무리 개인적으로 바뀌고 있다고 하더라도 인간은 혼자 살 수 없다. 개인화 될수록 SNS가 발전하고 있다는 것이 이러한 사실을 보여준다. 수시로 자신의 위치, 행동 등을 카메라로 찍어서 SNS에 올려 다른 사람의 평가를 보는 사람들이 늘어나고 있으며, 평가에 따라 기뻐하기도 하고 상처받기도한다. 인터넷 게임에서도 소위 길드라고 하여 다른 사람과 대화를 하며 같이 미션을 수행하는 것이 많이 등장하고 있다. 인간은 혼자 있으면 외로움을 느끼는 존재이기 때문에 소통의 공간이 필요하다. 독신 가구가 늘어날수록 외로움을 느껴서, 위로를 받고 싶어서, 결핍을 해소하려는 욕구가 가상공간에 열광하게 하는 것이다.

인간이 사회적 동물이기 때문에 인간이 가지는 의식이 있다. 바로 정체성이다. 인간은 타아와 자아를 분류하는 기준을 흔히 집단, 소속에서 찾는다. 성(性), 성씨(姓氏), 학교, 회사, 지역, 국가와 같은 것이 나와 타인을 구분지어 준다. 따라서 인간은 살아가면서 항상 어느 집단에 소속되게 된다. 어느 사회나 집단 속에는 공식이던 비공식적이던 조직이 있고, 그 조직마다 조직을 이끌어가는 리더가 존재한다.

'리더(Leader)'라는 용어를 옥스퍼드 영영사전에서 찾아보면 "집단이나 조직, 국가를 이끌거나 지휘하는 사람(The person who leads or commands a group, organization, or country)"이라고 정의하고 있다. 리더는 우리말로 '지도자'로 번역할 수 있다. 국립 표준국어대사전에서는 지도자를 "남을 가르쳐 이끄는 사람"이라고 정의한다. 사전적 정의에서 리더란 타인이나 조직을 이끄는 사람이다. 하지만 리더가 단순히 다른 사람의 앞에 있는 자가 아니다. 즉 직책이 높다고 하여 리더는 아닌 것이다.

　우리는 관리자(manager)와 리더를 구별해야 한다. 관리자와 리더의 역할은 목표 달성을 위해 구성원을 이끄는 사람이다. 하지만 관리자와 리더는 별개의 유형이다. 관리자는 주어진 방향으로만 조직원을 이끌지만, 리더는 목표에 대한 방향성을 제시한다. 관리자는 위기 상황이 발생하면 당장의 문제 해결에 집중하지만, 리더는 시간이 걸리더라도 근본적인 문제를 해결하려 한다. 관리자는 질서와 통제를 추구하지만, 리더는 창의성과 아이디어를 추구한다. 관리자는 안정을 추구하지만 리더는 개혁을 주도한다. 관리자는 "어떻게"에 초점을 두지만, 리더는 "무엇"에 초점을 둔다. 따라서 관리자는 주어진 목적을 위해 주어진 규율 내에서 조직원일 이끄는 사람인 반면, 리더는 공동의 비전과 목적을 제시하고 이를 달성하기 위해 다른 사람들에게 동기를 부여하고 집단에서 중심적인 기능을 수행하는 사람이다.

　그렇다면 리더십이란 무엇인가? 리더십이라는 단어를 보면 리더(leader)와 배(ship)라는 두 단어로 이루어져 있다. 이 단어의 어원은 17세기 잉글랜드의 스포츠맨십에서 유래한다.

　17세기 영국에서 잉글랜드와 스코틀랜드 군이 축구시합을 하다가 양 팀 선수들 사이에 충돌이 벌어졌다. 이에 관중들도 흥분하여 경기장으로 몰려들었고, 경기장 안은 큰 사고가 날 수 있는 위기에 놓이게 되었다. 이에 경기를 관전하고 있던 리처드 킹스턴 경이 흥분한 선수들과 관중들을 진정시키기 위하여 다음과 같이 말했다.

"우리는 모두 같은 배(ship)의 승무원이다. 우리는 이 배를 침몰시켜서는 안 된다."

이 때부터 '스포츠맨을 위한 배'라는 위미로 스포츠맨십이라는 단어를 사용하기 시작했고, 협동과 단결, 인내, 용감함 등을 상징하는 단어가 되었다.

스포츠맨십과 같이 리더십을 배로 비유하면 '한 배를 공동의 방향으로 빨리 가기 위해 노를 젓게 하는 것'으로 볼 수 있다. 즉 리더는 선장으로서 방향키를 잡고 있는 사람이고, 조직원들은 선원으로서 각자의 역할을 함으로써 배가 침몰되지 않게 하면서 빨리 갈 수 있도록 하는 사람들이다. 이때의 이 때 선장은 선원들에게 목적지를 제시하고 그곳으로 가는 길을 알고 있으며, 선원들이 자신을 따르며 각자의 역할을 할 수 있도록 하고, 암초, 풍랑과 같은 갑작스러운 상황에 대처할 수 있는 자질을 갖추어야 한다. 따라서 리더십이란 "공동의 목표를 이루기 위하여 개인이 가지고 있는 능력 혹은 영향력"이라고 볼 수 있다.

리더

공동의 비전과 목적을 제시하고 이를 달성하기 위해 다른사람들에게 동기를 부여하고 집단에서 중심적인 기능을 수행하는사람

리더십

공동의 목표를 이루기 위하여 개인이 가지고 있는 능력 혹은영향력

📋 생각해 보기

· 리더와 관리자의 차이점은 무엇인가?

_____

_____

_____

· "유능한 리더가 되기 위해서는 유능한 관리자가 필요하다."라는 말의 의미는 무엇인가?

_____

_____

_____

리더십의 변천 과정

리더십은 인류의 역사 속에서 시기나 상황에 따라 변화하여 왔다. 리더십에서 중요한 점은 얼마나 자발적으로 동기부여를 시킬 수 있는가이다. 따라서 인류가 집단을 형성하여 부족이 생기고, 도시를 건설하게 되었을 무렵부터 현재에 이르기까지 사회가 변화하면서 요구되는 리더십이 달랐다.

처음 부족국가나 도시국가가 형성될 시기, 사람들의 최대 관심은 자연의 활용 및 극복이었다. 따라서 이에 대한 지식이 리더가 될 수 있는 자격조건이었다. 여기에 사람들이 따르게 할 수 있는 인덕이 요구되었다.

중국의 예를 들면, 3황 5제 중 복희는 자연계와 인간계를 설명하는 팔괘를 만들었고, 그물을 발명하여 어획과 수렵 방법을 가르치며 큰 성덕을 베풀었다고 전해진다. 신농은 농기구를 만들어 사람들에게 농사를 가르쳐 주었으며, 여러 가지 약초를 자신에게 임상실험을 하여 의학을 발전시켰다고 한다.

신농씨

공자가 이상적인 인격자인 성인(聖人)으로 추앙한 요·순도 시기별로 농사에 필요한 일들을 가르쳐 주거나 치수(治水) 사업을 하였고, 검소하며 공명정대한

플라톤

정치를 하였다고 전해진다.

서양의 경우에도 플라톤은 철인(哲人)이 왕이 되는 철인정치(哲人政治)를 주장하는데, 여기서 철인이란 진실 세계인 이데아를 알고 이곳으로 사람들을 이끄는 사람이다. 즉, 정치에 대한 지식을 소유하고 있으며 영혼이 조화된 상태의 사람이 사람들을 이끌어야 한다고 말하고 있다.

우리나라에서도 환웅은 곡식, 수명, 질병 등을 주관하였으며, '널리 인간을 이롭게 한다.'는 홍익인간의 정신을 가지고 있었다고 전해진다. 이와 같이 활동 영역도 작고, 사람의 수도 많지 않은 사회에는 필요한 지식을 갖춘 윤리적 · 도덕적 리더십이 필요하다.

하지만 점점 영토가 커지고, 사람의 수도 많아짐에 따라 윤리와 도덕만으로는 사람들을 이끌기가 어렵게 되었다. 특히 역사에 등장하면서 다양한 부족과 민족들을 이끌어야 했기 때문에, 리더는 정신적으로 이들을 모두 아우를 수 있는 신과 결부되어, 국가의 제사를 관장했다.

고대 이집트의 경우 파라오와 고대 오리엔트 제국의 여러 왕들은 '지상의 신'으로 군림하였으며, 중국도 황제를 하늘의 아들인 '천자(天子)'라고 불렸다. 사양의 경우도 알렉산더 제국이나 로마 제국이 등장하면서 왕 혹은 황제는 '신'으로서 숭배를 받는 인물이 되었고, 로마 제국이 멸망한 이후에는 교황이 전 유럽을 지배하였다. 교회의 힘이 약화되고, 각 지역의 왕의 힘이 강해지자 왕들은 신이 왕권을

교황 그레고리우스 13세

부여하였다는 '왕권신수설'을 주장하였다. 우리나라에서도 왕들은 국가의 제사를 관장(연등회, 사직 대제 등)하였으며, "왕은 하늘이 정해준다."고 하였다. 이와 같이 활동영역이 팽창하면서 권력이 집중되면서 개인의 역량을 넘어가게 되면 종교적 리더십이 필요하다.

　왕권이 약화되면서 시민사회가 등장하고, 과학의 발전으로 종교의 힘이 약화되자 더 이상 종교적 리더십은 효과를 발휘하지 못하게 되었다. 특히 산업혁명으로 인하여 국가적으로 산업화가 중요해지자 능률과 효율성, 성장이 중시되기 시작하였다.
　산업화 사회는 적자생존의 경쟁 논리를 바탕으로 이루어졌다. 국가적으로는 제국주의가 팽배하여 자원과 시장 확보를 위한 식민지 경쟁과 군비 확장이 중요했고, 기업에서는 조직 간의 경쟁을 통한 능률 극대화, 고객 만족을 통한 장기적 이윤 극대화, 성과 달성이 주요 이슈였다. 이러한 무한경쟁 사회에서

산업화 초기 공장의 모습

필요한 것은 일사불란한 움직임, 명령과 통제였다. 따라서 사회와 조직을 운영하는데 상명하복의 수직적 위계질서와 관료제가 필요했다. 이와 같은 사회에서 요구되는 리더십은 남성적인 명령·업무적, 권위주의적 리더십이다.

탈산업화 사회에 들어가면서 민주주의가 확산되고, 여성의 사회적 지위도 높아졌다. 국가의 이슈는 산업화에서 복지국가 실현으로 바뀌었고, 기업의 중심 가치도 이윤과 성장에서 고객에 대한 서비스와 조직구성원의 자아실현으로 전환되었다. 더 이상 무한 경쟁이 아닌 협력을 통한 상생으로 전략이 바뀐 것이다. 이러한 사회에서 필요한 리더십은 인간중심적, 민주적 리더십이다.

'감성 지능'이라는 개념을 대중화시킨 다니엘 골먼(Daniel Goleman)은 오늘날 리더십의 유형을 6가지로 분류한다.

첫 번째는 전망 제시형 리더십이다. 이 유형은 구성원들이 비전을 갖도록 제시하여 새로운 공동의 목표로 이끄는 역할을 한다. 나아갈 바를 분명히 정하기 때문에 새롭거나 뚜렷한 방향을 설정할 때에는 적합하지만, 방향에 도달하기 위한 방법론은 제시하지 못하는 단점이 있다.

두 번째는 코치형 리더십이다. 이 유형은 구성원 개개인이 원하는 것을 전체의 목표와 결부시켜 개인의 발전을 돕는다. 진취적이고 성공을 꿈꾸는 구성원에게는 최고의 효과를 발휘하지만, 직원의 자신감을 떨어뜨릴 수 있고 간섭이 심하다는 인식을 갖게 되면 역효과를 낳을 수 있다는 단점이 있다.

세 번째는 관계 중시형 리더십이다. 이 유형은 팀워크를 중시하고, 구성원들을 서로 엮는 가운데 유대감과 조화를 이끌어 낸다. 어려운 상황에 직면했을 때 조직 내에서 구성원들의 결속력을 강화시키며, 사기를 높이고, 의사소통을 개선하는 등의 역할을 수행하지만, 너무 관계를 중시하여 칭찬만 하게 되면 부족한 업무 수행 능력이 고쳐지지 않을 가능성이 있다.

네 번째는 민주형 리더십이다. 이 유형은 사람들의 자발적 행동을 존중함으로써 구성원들의 능력을 발휘할 수 있도록 하며, 참여를 통한 여론을 구축하여 집단적인 헌신을 이끌어 낸다. 조직이 나아가야 할 방향이 불분명하여 구성원들의 집단적인 지혜가 필요할 때 유용하지만, 신속한 의사결정을 내려야 할 경우에는 오히려 위기에 처할 수 있다는 단점이 있다.

다섯 번째는 선도형 리더십이다. 이 유형은 도전할 만한 흥미로운 목표를 제시하고, 높은 성과 기준을 설정하여 자발적인 행동을 요구한다. 하지만 좋은 성과를 빨리 내는 것에 집착을 하기 때문에, 사기를 저하시키고 조직 분위기에 악영향을 끼치는 경우가 많다.

여섯 번째는 지시형 리더십이다. 이 유형은 '군 장성' 방식의 리더십으로 비상시에 뚜렷한 방향을 제시하며 가장 빈번하게 활용되는 방식이다. 하지만 골먼조차도 이 유형은 기장 비효과적인 리더십이며 사기를 저하시키고 직무 만족도를 떨어뜨리기 때문에, 긴급한 회생이 필요한 위기 상황에서만 필요하다고 말한다.

골먼은 위의 여섯 가지 유형의 리더십을 익혀서 적절한 상황에 따라 선택하여 활용할 수 있어야 하며, 이를 위해 '감성 지능'을 갖추어야 한다고 말한다. 그래야만 다른 사람의 감정을 이해하고 대변함으로써 구성원의 마음을 이끄는 위대한 리더가 될 수 있다는 것이다.

리더십의 변천 과정

윤리적 · 도덕적 리더십

⋮

종교적 리더십

⋮

명령 · 업무적, 권위주의적 리더십

⋮

인간중심적, 민주적 리더십

다니엘 골먼의 오늘날 6가지 리더십 유형

· 전망 제시형 리더십 : 구성원들이 비전을 갖도록 제시하여 새로운
  공동의 목표로 이끄는 역할
· 코치형 리더십 : 구성원 개개인이 원하는 것을 전체의 목표와 결
  부시켜 개인의 발전을 돕는 역할
· 관계 중시형 리더십 : 팀워크를 중시하고, 구성원들을 서로 엮는
  가운데 유대감과 조화를 이끌어 내는 역할
· 민주형 리더십 : 사람들의 자발적 행동을 존중함으로써 구성원들
  의 능력을 발휘할 수 있도록 하며, 참여를 통한 여론을 구축하여
  집단적인 헌신을 이끌어 내는 역할
· 선도형 리더십 : 도전할 만한 흥미로운 목표를 제시하고, 높은 성
  과 기준을 설정하여 자발적인 행동을 요구
· 지시형 리더십 : 비상시에 뚜렷한 방향을 제시하며 가장 빈번하게
  활용되는 방식

🗒 생각해 보기

· 나는 다니엘 골먼이 제시한 리더십 유형에서 어디에 포함되는가?

_____

_____

2
감성리더십의 필요성

감성이란 무엇인가?

감성리더십에 대하여 이야기하기 전에 우선 감각, 감정, 감성
이라는 용어가 어떻게 다른지 살펴보도록 하자.

오감

인간은 태어나면서부터 시각, 청
각, 미각, 후각, 촉각이라는 오감
(五感)을 가지고 태어난다. 인간은
이 오감을 통하여 세상과 접촉하고
인식한다. 이렇게 세상으로부터 정
보를 받아들이는 안테나와 같은 역
할을 하는 오감을 우리는 감각이라고 부른다.

감각을 통하여 우리 안에 들어오는 정보를 통해 인간은 기쁨,
노여움, 슬픔, 즐거움을 느낀다. 이렇게 외부 정보에 의한 희

로애락(喜怒哀樂)으로 생기는 인간의 생리적 · 심리적 · 사회적 반응을 감정이라고 부른다.

그렇다면 감성이란 무엇인가? 감성을 문자적으로 풀이해 보자. 감(感)은 마음이 움직이는 것을 의미하고 성(性)은 본래의 성질을 의미하는 것이기 때문에 감성이란 인간의 마음속에 있는 개성, 기분, 취향, 가치의식 등이 움직이는 본연의 성질을 나타낸다. 영어로는 sensibility라고 하는데 이는 sense와 ability가 합쳐진 말로서 감각을 통하여 들어오는 정보를 인지하거나 감정을 정화할 수 있는 능력을 의미한다. 이렇게 볼 때, 감성이란 외부로부터 촉발된 정보를 감각을 통해 인지하고 받아들이는 성질이자 능력이다. 이를 종합해 보면 감성이란 외부로부터 들어오는 정보를 통해 생기는 인간의 인식능력이라고 할 수 있다.

감각
인간이 세상과 접촉하고 인식하게 하는 오감

감정
정보를 통해 인간이 느끼는 기쁨, 노여움, 슬픔, 즐거움

감성
외부로부터 들어오는 정보를 통해 생기는 인간의 인식능력

📑 생각해 보기

· 다음 각 경우는 감정에 속하는지 감성에 속하는지를 분류하여 보자.

① 친구로부터 생일선물로 내가 오랫동안 가지고 싶었던 선물을 받게
  되어 매우 기뻤다. _____

② 친구로부터 받은 선물은 내가 보아왔던 유사한 상품에 비하여 매우
  고급스러웠다. _____

③ 10년 동안 길렀던 강아지가 갑자기 큰 병에 걸려서 아파하는 것을 보
  니 슬펐다. _____

④ 기르던 강아지가 죽은 후, 다른 강아지들을 볼 때마다 애틋함을 느
  꼈다. _____

⑤ 배를 타고 해외여행을 하는데 갑자기 폭풍우가 몰아치자 두려움을
  느꼈다. _____

오늘날 감성리더십이 왜 필요한가?

중국의 한 황제가 궁정 수석화가에게 궁궐에 그려진 벽화를 지
워버리라고 명령했는데, 그 이유는 벽화 속의 물소리가 잠을

르누아르의 "책 읽는 소녀"

설치게 한다는 것이었다. 일
본 어느 만화에는 날씬해지고
싶은 욕구가 강하여 거식증에
걸린 한 소녀에게 풍만한 여인
의 아름다움을 보여주기 위해
르누아르의 작품을 병실에 걸

어 두어 치료한다는 에피소드도 있다. 이러한 일화들은 인간
이 풍부한 감성을 가지고 있으며, 감성에 의해 변화하며, 감성

을 통해 소통하는 존재라는 것을 보여준다.

마샬 맥루한

오늘날 우리는 IT 기술과 디지털 기술의 발달로 인한 멀티미디어 세상에 살고 있다. 미디어 이론가이자 문화비평가인 마샬 맥루한은 일찍이 "미디어는 메시지다."라고 말한 적이 있다. 이 말은 미디어의 특성이 사회에 큰 변화를 준다는 것이다. 아날로그 시대의 인간은 하나의 미디어에 하나의 감성 능력을 대응시켜왔다. 책이나 신문에는 눈, 라디오는 귀와 같은 대응 방식이다. 영화나 텔레비전 정도가 눈과 귀를 동시에 대응시킬 수 있었다.

하지만 디지털 시대로 들어오면서 미디어는 인간의 모든 감각을 사용하게 하는 멀티미디어 시대를 열었다. 하나의 미디어 안에서 텍스트, 이미지, 음향, 동영상 등을 자유자재로 섞어서 전달할 수 있게 된 것이다. 이러한 멀티미디어의 등장은 "감성 융합"의 세계를 만들었고, "감성사회"로의 길을 열어 놓았다.

2012년부터 '힐링'이라는 용어가 트렌드로 많이 사용되고 있다. 여기서의 힐링은 몸의 치유가 아닌 마음의 치유이다. 마음을 치유하기 위해서는 공감과 위로가 필요하다. KBS에서 방영하는 "대국민 토크쇼 안녕하세요"라는 프로그램을 보면 출연자의 고민을 들으면서 고민을 해결해 주지 않는다. 단지 방청객과 함께 출연자의 고민을 공감할 뿐이지만, 시청률은 높은 편이다.

이제 시장의 기능도 바뀌고 있다. 예전 시장의 주요 기능은 소비자가 필요한 상품을 소비자가 원하는 가격에 거래가 이루어지도록 하는 것이었다. 하지만 이제는 상품을 팔기 위해서는 감성을 팔아야 한다. 즉 감성의 시장이 열린 것이다. 다양한 디자인과 스토리텔링을 활용하여 소비자의 감성을 자극하고 있으며, 소비자는 필요에 의한 상품보다는 감성에 의한 상품을 구매한다.

오늘날 무수히 쏟아지는 광고들을 보라. 제품의 장점, 기능을 설명하기보다는 제품에 스토리를 담는다. 하나의 예를 들어보자. 2014년 한편의 동영상이 SNS를 타고 돌기 시작했다. 동영상의 내용은 다음과 같다.

한 연구진이 100개의 종이가방에 포장된 선물과 꽃을 넣어두고 서울 지하철에 두고 내린다. 지하철 운영이 종료되었을 때 종이 가방을 수거해보았더니 6개만이 수거 되었다. 우리의 양심은 6%였다. 그러나 다음 날 GPS 수신기 상에 이상한 현상이 잡힌다. 수많은 종이 가방들이 한 곳에 모이기 시작한다. 바로 지하철 분실물 센터였다. 그곳에 모인 종이 가방은 81개였다. 모두 87개의 정직이 돌아왔다. 우리는 스스로를 어떻게 보고 있으며, 어떻게 판단하고 있는가? 우리는 정직하다. 당신은 정직하다.

내용만으로 보면 공익광고처럼 보이지만 사실은 화장품 기업 광고이다. 이와 같이 스토리텔링에는 감성이 들어있으며, 고객들은 스토리텔링에 담긴 감성적 이미지를 구매한다.

조조

이러한 감성의 시대에서는 조직에서도 감성의 리더십이 필요하다. 이성과 감성을 나누어 이성을 고차원적인 것, 감성을 동물적인 것으로 분류하는 것은 근대 시기 계몽주의의 영향이다. 인간다움은 이성보다는 오히려 감성에 있다.

나관중의 《삼국지연의》의 예를 들어보자. 조조가 완성을 점령하러 갔다가 실수를 하여 장수와 가후에게 쫓기게 된다. 그때 장남이었던 조앙이 조조를 먼저 보내면서 "아버님은 먼저 탈출하십시오, 저는 적병을 막겠습니다."라고 말하자 조조는 "그래, 알았다."라고 말하며 먼저 도망을 갔고 조앙은 적병을 막다가 끝내 전사하고 만다. 반대로 유비는 조조에게 쫓겨 신야성에서 도망을 갈 때 갓난아기였던 유선과 부인을 중간에 잃어버린다. 이 때 조운이 홀로 유선을 찾아 적병 사이를 뚫고 무사히 유비에게 유선을 데려다 준다. 이 때 유비는 유선을 땅바닥에 내팽개치며 "이놈아! 너 때문에 귀한 장수를 잃을 뻔하였구나!"라고 외친다. 유선을 죽기는 않았지만 이후 유선이 어리석은 행동을 하게 된 것은 이 때의 충격 때문이라고 말하는 사람들도 있다.

하지만 조조가 아들을 희생하면서 자신이 먼저 탈출한 것은 이성적인 행위이다. 자신이 죽으면 자신을 믿고 따랐던 조직은 붕괴되고, 다른 세력에게 정복을 당하게 된다. 따라서 아들을 희생하고 자신이 살아남은 것은 옳은 행위임에도 불구하고 조조는 아버지가 자식

유비

을 희생시켰다는 비난을 받는다. 반대로 유비가 자신의 아들을 내던진 행위는 감성적인 행위이다. 하지만 이로 인하여 유비는 자신을 따르던 사람들의 충성을 더욱 사게 된다.

여기서 한 가지 더 말하고 싶은 것이 있다. 조조와 유비가 행동한 것은 모두 부성애를 저버리는 행위이다. 조조의 행위는 이성적 행위였지만 장남을 잃으면서까지 자신의 세력을 유지해야하는 비장함이 들어 있으며, 유비의 행위는 감성적 행위였지만 아들을 던지면서까지 인심을 얻으려한다는 것이 보인다. 즉, 근대사회에서 말하는 것처럼 감성은 비이성적이거나 반이성적인 것이 아니다.

앞에서 언급했듯이 산업사회에서는 경쟁이 중요했기 때문에 개인보다는 조직이 우선시 되었고, 사람은 사회의 부속이자 노

모던타임즈의 공장노동자

동력에 불과했다. 영화 '모던타임즈'를 떠올려보자. 여기서 공장노동자인 주인공은 나사를 조이는 공장의 부속품에 불과하다. 공장 주인은 모니터로 공장 상황 및 곳곳을 돌아보며, 중간 관리자에게 필요사항을 지시한다. 이러한 산업사회의 리더십은 명령·업무적, 권위주의적, 남성적이었다.

하지만 탈 모더니즘 시대로 들어오면서 조직보다는 개인의 개성, 이상, 꿈, 취향이 더욱 중요해졌다. 정보기술의 발전으로 인간과 인간, 조직과 조직 간의 네트워크가 형성되어, 상황에 따른 유연한 구조변형이 가능하게 되었다. 따라서 리더의 힘은 개인의 직위나 역량보다는 상대방과의 관계에서 나오게 되었다.

이러한 변화는 민주화의 발전과 지방분권화의 정착 등에 의해 더욱 가속되고 있으며, 권력이 분권화됨에 따라 조직 내에서 권력이 한 곳에 집중되는 것이 아니라 공유되기 시작하고 있다. 이제 사람은 창의성을 발휘하는 경쟁력의 원천이 되었다. 따라서 조직 구성원을 사회의 부속이 아닌 인간답게 대접하는 인본주의 경영이 필요로 하게 되었다.

과거와 달리 현재는 기술과 사회, 기술과 예술, 기술과 인간과의 긴밀한 맥락 속에서 기술혁신이 일어날 때 인간의 삶의 질을 높이고 복지와 직결되는 더 큰 가치가 창출된다. 이런 기술 혁신은 감성과 미적 요소를 기술과 연결할 수 있는 창의성에 의해서 가능하다. 이런 '스티브잡스식'의 '연결 창의성'에는 관계 지향적 사고와 균형 감각이 보다 뛰어나다는 평을 받는 여성이 두각을 나타낼 수 있다. 또한 강한 추진력과 권위의 리더십 대신에 여성특유의 신뢰와 소통을 중시한 배려와 조화의 리더십도 중요한 요소로 꼽을 수 있다.

이제 조직은 구성원 간에 권력과 정보 그리고 조직성과를 공유하는 인본주의를 지향해야 한다. 이러한 조직은 구성원이 자율에 따라 업무를 책임지게 되며, 조직에 대한 몰입도가 극대화된다. 따라서 이제 조직 내에서는 리더와 조직원들 간의 신뢰를 바탕으로 업무가 수행되며, 구성원에 힘을 실어 주는 임파워먼트(empowerment) 경영이 이루어져야 한다. 그 대표적인 예가 구글(Google)이다.

구글의 경영철학은 일과 놀이를 함께 할 수 있고, 즐거움 속에서 혁신적인 아이디어가 창출된다는 경영 철학을 가지고 있다. 따라서 직원의 자리에는 다양한 게임

구글플렉스 (photo by Jijithecat)

기, 미니 농구대, 로봇 등이 있으며, 전동 안마 의자까지 있다.

게다가 뷔페식당, 여러 스낵룸에서 다양한 음식과 과일, 간식을 무료로 제공하고 있다. 개인 계발을 위한 학비도 언제든지 지원 받을 수 있다. 여성의 사회 참여가 많아지고 다민족 사회로 전환됨에 따라서 기존의 남성적·폐쇄적 경영도 개혁이 되어야 한다. 구글과 같이 모든 조직원이 최적의 환경에서 창의적으로 업무를 수행할 수 있도록 창의성과 혁신, 수평적 커뮤니케이션과 다양성을 보장하는 문화가 정착이 되어야 한다.

이와 같이 감성사회로 진입함에 따라 조직관리에서도 직원의 마음을 사로잡는 감성경영이 필요로 하게 되었다. 조직구성원이 다양하지고 가치관이 빠르게 변화면서 조직원들의 감성을 이해하고 구성원들과의 긍정적인 관계를 유지하는 것이 중요하게 되었다. 기존의 조직관리와 같이 근면성과 지시 순응성만을 강조하고, 수직적이고 획일적인 문화를 강요하는 것으로는 개인을 지향하는 신세대, 여성인력, 다문화적 인력 등과 같은 조직원들의 창의성과 아이디어, 몰입과 열정을 이끌어 내는데 한계가 있기 때문이다.

따라서 조직 내의 협력을 이끌어내고, 상호 간의 정보 공유와 협업, 다양한 창조적 시도를 할 수 있도록 하는 조직문화가 필수적이다. 이를 위해서 직원들의 감성을 이해하고 편안하게 자신의 생각을 말할 수 있으며, 새로운 아이디어를 시도하는데 심리적 안정감을 제공하여 새로운 성과물을 만들어 낼 수 있는 감성리더십이 필요하다.

감성리더십의 필요성

· 인간의 본성 : 인간은 풍부한 감성을 가지고 있으며, 감성에 의해 변화하며, 감성을 통해 소통하는 존재임
· IT기술과 디지털 기술의 발전 : 다양한 감각과 감성 능력을 요구하는 멀티미디어가 등장함
· 시장의 변화 : 소비자가 필요에 의한 상품보다 감성에 의한 상품을 구매함
· 탈 모더니즘 사회로의 진입 : 조직보다는 개인의 개성, 이상, 꿈, 취향이 더욱 중요해졌고, 인간관계와 창의성이 중시
· 민주화의 발전과 지방분권화의 정착 : 권력이 분권화되고 있으며, 인본주의 경영이 필요하게 됨

📋 생각해 보기

· 아날로그 시대보다 디지털 시대에서 감성이 더 중요해지는 이유는 무엇인가?

_____

_____

_____

· 탈권위주의와 감성리더십과의 관계는 무엇인가?

_____

_____

_____

3

감성리더십의
구축 단계와 특징

감성지능의 정의와 감성지능의 요소

2000년 CCL(Center for Creative Leadership)에서 수행한 연구에 따르면 감성지능이 높을수록 자기인식능력, 안정감과 침착성, 추진력, 단호함, 일과 개인생활과의 조화, 관계 구축 및 개선, 타인에게 편안함을 주기, 참여적 경영, 문제 있는 조직원과의 직면, 변화관리 등의 영역에서 리더십 효과가 높은 것으로 나타났다. 이는 감성리더십을 본질적으로 이해하고 발휘하기 위해서는 감성지능 개발이 필요하다는 것을 보여준다. 따라서 감정리더십의 요소를 알기위해 먼저 감정지능에 대하여 살펴보도록 하자.

감성지능이란 사람들이 안정된 정서 상태를 유지하게 해주고, 삶에 동기를 부여하며, 절망적인 상황에서도 이를 극복할 수 있도록 하고, 충동적인 감정을 조절하게 하고, 다른 사람들과 감정을 공유하고, 주변 사람을 배려할 수 있는 능력을 말한다. 1990년 예일 대학교의 피터 샐로비(Peter Salovey)와 뉴햄프셔 대학교의 존 메이어(John Mayer)가 처음으로 발표하고 다니엘 골먼이 대중화 시킨 개념이다.

피터 샐로비

감성지능을 가장 먼저 주창한 샐로비와 메이어는 감성지능을 감정의 인식과 표현, 감정의 사고 촉진, 감정 지식활용, 감정의 반영적 조절이라는 4개의 영역으로 나누고, 각 영역마다 4가지의 요소를 제시했다.

첫 번째 영역인 감정의 인식과 표현 영역에는 자신의 감정 파악, 자신의 외부 감정 파악, 정확한 감정 표현, 표현된 감정 구별이 포함된다.

두 번째 영역인 감정의 사고 촉진에는 감정 정보를 이용한 사고의 우선순위 선정, 감정을 이용한 판단 및 기억, 정서를 이용한 다양한 관점 취합, 정서 활용을 통한 문제 해결 촉진이 포함된다.

세 번째 영역인 감정 지식활용에는 미묘한 감정 간의 관계 이해 및 명명, 감정을 이용한 판단 및 기억, 복잡하고 복합적인 감정 이해, 감정들 간의 전환 이해가 포함된다.

네 번째 영역인 감정의 반영적 조절에는 적합한, 부적합한 감정들의 수용, 자신의 감정에 거리를 둔 반영적 관찰, 자신과 타인의 관계 속에서 반영적인 정서 관찰, 자신과 타인의 감정 조절이 포함된다.

감성지능을 대중화 시킨 골먼은 감정지능의 요소로 자기인식능력, 자기관리능력, 사회적 인식능력, 관계관리 능력으로 구분하였다. 이 중에서 자기인식능력과 자기관리능력은 개인적 영역으로 볼 수 있고, 사회적 인식능력과 관계관리 능력은 사회적 영역으로 볼 수 있다.

자기인식능력이란 자신의 감정, 능력, 한계, 가치, 목적을 알고 이것들이 자신과 타인에게 미치는 영향을 인지할 수 있는 능력을 말한다. 여기에는 자신의 감정을 읽고 그 영향력을 깨닫는 감성적 자기인식능력, 자신의 장점과 한계를 인지하는 정확한 자기평가능력, 지신의 능력과 가치에 대해 긍정적 확신을 갖는 자기확신능력이 포함된다.

자기관리능력이란 자신의 감정과 자신이 무엇을 얻고자 하는지 인식하고, 조직의 기본과 원칙을 준수하며, 자신에게 부족한 역량에 대하여 자기계발을 수행하고, 철저한 시간관리와 스트레스 관리를 지속적으로 실천하는 능력을 말한다. 여기에는 파괴적

다니엘 골먼 (photo by Bryan)

이고 불안정한 충동을 통제하는 감정적 자기제어능력, 솔직할 수 있는 능력, 상황변화와 위기에 유연하게 대처하는 적응력, 자신이 세운 기준을 만족시키는 성취력, 주도적으로 앞장서서 기회를 포착하는 진취성, 모든 사물을 긍정적으로 보는 낙천성이 포함된다.

사회적 인식능력이란 타인의 감정과 상황을 정확하게 읽고 타인의 감정을 이해하며 그것에 공감할 수 있는 능력을 말한다. 여기에는 다른 사람의 감정을 공감하고 적극적인 관심을 표현하는 감정이입능력, 조직 내에서 감성의 흐름과 의사결정 구조, 경영 방식 등을 읽어 내는 조직적 인식능력, 조직원과 고개의 요구를 알고 이에 적절하게 대응하는 서비스능력이 포함된다.

관계관리능력이란 다른 사람들을 조직의 가치와 목표에 공감할 수 있도록 하여, 사람 간의 갈등을 조정하고, 타인의 발전을 도우며, 팀워크와 협동심을 높일 수 있는 능력을 말한다. 여기에는 확고한 비전으로 다른 사람들에게 동기부여를 하는 영감을 불어넣는 능력, 설득을 통한 영향력, 적절한 피드백과 지도로 다른 사람의 역량을 높여주는 다른 사람들을 이끌어주는 능력, 새로운 방향을 제시하고 그 곳으로 사람을 이끄는 변화를 촉진하는 능력, 관계를 만들고 유지하는 유대형성능력, 팀을 구성하고 협력 체제를 조성하는 팀워크/협동능력이 포함된다.

감성지능

사람들이 안정된 정서 상태를 유지하게 해주고, 삶에 동기를 부여하며, 절망적인 상황에서도 이를 극복할 수 있도록 하고, 충동적인 감정을 조절하게 하고, 다른 사람들과 감정을 공유하고, 주변 사람을 배려할 수 있는 능력

감성지능의 요소

피터 샐로비와 존 메이어

4영역	4수준	16요소
감정의 인식과 표현	1수준	자신의 감정 파악
	2수준	자신의 외부 감정 파악
	3수준	정확한 감정 표현
	4수준	표현된 감정 구별
감정의 사고 촉진	1수준	감정 정보를 이용한 사고의 우선순위 선정
	2수준	감정을 이용한 판단 및 기억
	3수준	정서를 이용한 다양한 관점 취합
	4수준	정서 활용을 통한 문제 해결 촉진
감정 지식 활용	1수준	미묘한 감정 간의 관계 이해 및 명명
	2수준	감정을 이용한 판단 및 기억
	3수준	복잡하고 복합적인 감정 이해
	4수준	감정들 간의 전환 이해
감정의 반영적 조절	1수준	적합한, 부적합한 감정들의 수용
	2수준	자신의 감정에 거리를 둔 반영적 관찰
	3수준	자신과 타인의 관계 속에서 반영적인 정서 관찰
	4수준	자신과 타인의 감정 조절

다니엘 골먼

영역	능력	구성 요소
개인적 영역	자기인식 능력	감상적 자기인식능력 정확한 자기평가능력 자기확신능력
	자기관리 능력	자기제어능력 솔직할 수 있는 능력 적응력 성취력 진취성 낙천성
사회적 영역	사회적인식 능력	감정이입능력 조직적 인식능력 서비스능력
	관계관리 능력	동기부여를 하는 영감 부여 능력 설득을 통한 영향력 코칭력 새로운 방향 제시/변화 촉진 능력 유대형성능력 팀워크/협동 능력

📋 생각해 보기

· 오늘날 지능지수(IQ)보다 감성지능지수(EQ)가 중요해지고 있는 이유
는 무엇인가?

감성리더십 구축 단계

앞에서 살펴본 감성지능의 요소들은 타고난 것이 아니라 개발이 가능한 것이다. 감성지능은 자신의 감정을 관리하는 것에서 시작하여 타인과의 관계를 조절하는 하는데 필요한 것인데, 감성리더십의 본질은 온화함과 같은 개인의 성품이 문제가 아니라 조직원과의 관계 형성, 신뢰와 존중을 기본으로 하는 리더십 역량의 문제이다. 조직 전체에 감성리더십을 구축하기 위해서는 지속적인 노력이 필요하다.

2010년 삼성경제연구소에서는 감성리더십 구축을 위한 4가지 단계를 제시했다(SERI 경영 노트, 제57호, 2010). 그 4가지 단계란 자기 통제, 조직 내 신뢰 구축, 개별적 관심과 배려, 긍정적 집단감성 형성이다.

첫 번째 단계인 자기 통제는 1:0의 관계로서 자신의 감정을 인식하고, 자신의 감정표현이 조직 전체에 미치는 영향을 명확하게 인지하여 감정을 조절하고 파괴적인 감정을 스스로 억제하는 단계이다.

두 번째 단계인 조직 내 신뢰 구축은 1:다(多)의 관계로서 조직구성원을 대상으로 조직 전반에 탄탄한 신뢰를 구축하여 존중을 받음으로써 조직 내에 감성리더십의 기반을 마련하는 단계이다.

세 번째 단계인 개별적 관심과 배려는 1:1의 관계로서 조직원들에게 개별적인 관심과 배려를 통하여 감동을 전달하는 것으로 단계이다.

네 번째 단계인 긍정적 집단감상 형성은 다(多):다(多)의 관계로서 리더와 조직원 간의 개별 관계를 넘어 조직 구성원 상호 간에 우호적이고 긍정적인 협력 관계를 구축하는 단계이다.

이상의 네 단계에 대하여 자세히 살펴보도록 하자.

자기 통제

감성리더십은 리더가 자신의 감정을 다른 사람들에게 노출하는 것이 아니다. 감성리더십은 오히려 감정을 조절하는 것이다. 리더 스스로가 자신의 감정상태를 정확하게 파악하고 통제하는 것이 감성리더십 발휘의 전제 조건이 된다.

리더가 자신의 감정을 명확하게 인식하는 것은 단순히 개인적인 문제가 아니다. 이는 조직의 성패에 영향을 줄 정도로 중요하다. 최고의 성과를 낸 CEO와 적자를 낸 CEO 그룹을 비교 분석한 결과, 적자를 낸 CEO들은 자신의 감정이 타인에게 미치는 영향력을 잘 인식하지 못하고 있다는 것이 밝혀졌다.

조직원들은 리더의 사소한 언행과 감정표현에 영향을 받는다. 동일한 집단에서 함께 일하는 사람들 간에는 시기, 불안,

행복 등과 같은 감성적 전이가 발생한다. 상대방의 감정변화에 따라 자신의 감정도 유사하게 변한다는 사실이 뇌 영상 촬영을 통해 과학적으로 입증되었다.

따라서 리더는 파괴적인 감정표현으로 조직에 악영향을 끼치지 않도록 주의해야 한다. 어려운 상황에서도 긍정적인 태도와 기분을 유지하는 리더는 직원들과 공감대를 형성하고 조직의 안정을 유지하는 역량도 탁월하다. 리더가 스스로 감정을 통제하지 못하고 직원들에게 분노와 비난을 쏟아 붓는 공포경영은 직원들을 방어적으로 만들어 조직성과에도 악영향을 준다.

장비

중국 삼국시대의 유비와 장비는 도원결의를 맺은 형제였다. 장비는 순수했지만 훌륭한 리더는 못됐다. 유비는 순수하지 않았지만 훌륭한 리더였다. 그 차이는 감정 통제에서 발생했다. 앞에서 언급했듯이 유비는 조자룡이 아들 유선을 수많은 화살과 적병 속에서 구해왔을 때 금지옥엽 무사히 돌아온 아들을 반가워하기는커녕 "내가 너 때문에 귀한 조자룡 장군을 잃을 뻔했구나!" 라면서 아들을 바닥에 내동댕이쳤다. 그것을 본 조자룡은 평생 유비에게 충성을 맹세하게 된다. 유비의 행위는 자신의 장수를 소중히 여긴다는 마음을 보여주기 위한 감정관리 행위였을 것이다. 유비가 면후심흑(面厚深黑)의 1인자로 꼽히지만 그것은 음험함 때문이 아니라 이와 같은 감정관리의 달인이었기 때문이다. 반면 장비는 감정관리를 잘 하지 못하는 인물이었다. 그러한 그의 성격은 결국 그의 말로를 참담하게 만들었다. 장비는 자신의 부하 장수인 범강과 장달에게 전사한 의형제인 관우를 애도하기 위하여 사흘 안에 흰색 깃발과 흰 갑옷 10만 벌을 준비하라고 지시했다. 장수들이 그 지시가 너무 촉박하여 실행하기 어렵다고 하자 이들을 나무에 묶어 50대씩 때렸다. 결국 앙심을 품은 범강과 장달은 장비가 자는 틈을 타서 그를 죽여 버렸다. 자신의 감정을 관리하지 못한 참담한 결과였다.

감성리더십은 유약한 리더십이 아니다. 감정을 관리하는 강인한 조절능력이 필요하다. 자신의 감정을 조절하지 못하여 조직원에게 반말을 하거나 삿대질, 고성, 폭력, 무릎을 꿇게 하는 행위를 한 리더가 어떻게 되었으며, 조직에 어떠한 영향을 주는가는 "대항항공 땅콩 회항 사건"을 통하여 잘 알 수 있을 것이다.

그렇다면 어떻게 하면 감정을 다스리는 능력을 키울 수 있을까?

먼저, 바쁜 일상에서도 마음을 고요히 하고 내면의 감정을 알아차리는 명상이나 기도의 시간이 필요하다. 그래야 명석한 사고와 행동으로 이끌어진다.

다음으로 부정적인 감정을 과도하게 담아두거나 폭발시키는 대신 스포츠나 여행, 일기 쓰기 등으로 긍정적인 감정으로 전환하는 연습과 노력이 필요하다. 예를 들면 불안은 괴로움을 주는 부정적인 감정이기도 하지만 위험을 경고해 인류의 생존을 가능하게 한 긍정적인 힘이 되기도 하다.

그 다음은 다른 사람의 마음을 공감하고 소통하면서 관계를 개선하는 기회를 늘려야 한다. '우리는 생각 속에서가 아니라 가슴속에서 산다.'는 낭만주의자 헤르더의 주장은 생각해 볼 여지가 많다. 우리는 사고만으로 삭막하고 메마른 삶을 살아오지는 않았는가? 감정만으로 감정의 소용돌이에 빠져 살고 있지는 않은가? 진정 성공하고 행복해지기 위해서는 이성과 감정의 균형과 조화가 중요해지는 이유다.

감정표현은 너무 안 해도 문제이고 과도하게 해도 문제다. 어느 정도가 적절한가는 오직 상황과 청중에 의해 결정된다. 감정표현 자체이 문제가 있는 것은 아니다. 문제는 감정표현이 적절했는가에 있다. 수위가 높은 감정표현에 대해서는 거부감을 가지게 된

헤르더

다. 따라서 리더는 감정표현의 수위에 대하여 심각하게 고민해야 한다.

신뢰 구축

리더는 직원들을 진심으로 존중하고 대우하는 진정성을 표현함

허브 켈러허
(photo by Cassiopeia sweet)

으로써 모든 조직구성원과 신뢰관계를 구축해야 한다. 신뢰가 형성되지 않은 상태에서의 리더십 발휘는 효과가 반감된다. 직원들에 대한 신뢰와 존중을 경영철학으로 공표하고, 이를 실제리더의 행동으로 가시화해야 한다. 그 한 사례로 '직원 제일주의'라는 경영철학을 표방한 사우스웨스트항공의 전(前) CEO 허브 켈러허는 정당한 이유 없이 직원을 모욕하는 고객에게 항공료를 돌려주며 다른 항공사를 이용할 것을 정중히 권유한 적이 있다. 신뢰는 하루아침에 만들어지는 것이 아니므로 일관되고 꾸준한 노력이 필요하다. 지속적인 커뮤니케이션을 통해 직원들과 질 높은 관계를 유지하는 것이 중요하다.

신뢰관계가 바탕이 되어야 조직과 조직원이 함께 성장하는 선순환 구조가 구축된다. 개인의 희생과 탈진(burn-out)을 담보로 조직의 성공을 끌어내는 것이 아니라, 직원의 역량 강화와 성장을 통해 조직성과를 창출할 수 있다.

관심과 배려

리더는 조직원들과 1:1의 개별적 관계를 구축하고 개인적인 관심과 배려를 표현해야 한다. 리더의 개별적인 관심 표현을 통해 직원들은 조직구성원 중 하나가 아닌 남과 다른 특별한 존재로 대우받는다는 소중한 느낌을 체험할 수 있어야 한다.

조직원 개개인의 상황에 따라 일상적이지 않은 맞춤형 배려를 제공하면 더욱 좋다. 도움이 필요한 상황에서 리더와 조직의 특별한 배려는 조직원들에게 감동을 선사한다.

또한 리더의 개인적인 칭찬과 격려는 직원들의 업무열정을 배가시킨다. 상징적인 인정과 칭찬 방식을 만들고 높은 업무성과를 올린 직원들에게 특별한 방식으로 축하하는 것이 필요하다. 업무의 성과뿐 아니라 과정과 노력에 대해서도 인정하고 격려하여야 한다.

긍정적 집단감성 형성

리더는 직원 간에 우호적인 관계를 맺도록 긍정적인 조직분위기를 조성해야 한다. 조직 전체가 긍정적 감성을 갖고 긍정적 에너지를 발산하도록 해야 감성리더십이 완결된다. 긍정적 집단감성은 직원 간 불필요한 갈등을 줄이고 배려와 협업을 촉진시킨다.

여기서 중요한 것은 리더 혼자만 조직원들의 감성을 이해하고 공감하는 것이 아니라, 조직원 상호간에도 관심을 기울이고 배려를 할 수 있도록 독려해야 한다는 것이다. 리더가 구체적인 메시지로 직원 상호 간 배려와 협력을 강조할 필요가 있다. 리더의 메시지뿐 아니라 제도와 교육과정을 통해 직원들이 상호 협력할 수 있도록 시스템적으로 뒷받침해야 한다.

조직원들과의 관계 강화는 일회적인 간담회나 몇 번의 이벤트 만으로는 이루어지지 않는다. 조직 전체에 감성리더십을 구축하기 위해서는 위에서 말한 일관적이고 지속적인 단계별 노력 끝에 비로소 결실을 얻을 수 있음을 명확히 인지하여야 한다.

감성리더십 구축 단계

1:0의 관계	1:多의 관계	1:1의 관계	多:多의 관계
			〈4단계〉 긍정적 집단감성 형성
		〈3단계〉 관심과 배려	
	〈2단계〉 신뢰 구축		· 조직 구성원 상호 간 우호 적 관계 형성 · 서로 돕고 배 려하는 긍정 적 조직분위 기로 가시화
〈1단계〉 자기 통제	· 진정성 있는 신뢰와 존중 표명 · 경영철학과 일 관된 행동으로 가시화	· 개별적 관심 과 배려로 감 동 선사 · 특별한 배려, 칭찬과 인정 으로 가시화	
· 자기감정 인식 · 감정 조절 및 통제 · 파괴적인 감정 표현 억제			

📋 생각해 보기

· 자신의 감정을 조절하고 통제하기 위하여 어떠한 노력을 해야 하는가?

_____

_____

_____

_____

· 리더뿐만이 아니라 조직원 모두가 서로의 감성을 이해하고 공감해야 하는 이유는 무엇인가?

_____

_____

_____

_____

감성리더십의 특징

조직과 조직원이 함께 성공하는 조직관리를 위해서는 감성리 더십의 본질을 제대로 이해하고 발휘하는 것이 중요하다. 기 업경영은 조직성과를 위해 직원들의 고충을 공감하고 배려하 는 감성리더십을 발휘함으로써 조직과 조직원의 동반 성장이 가능하도록 해야 한다. 단, 직원들의 감정이 상할 것을 우려하 여 리더로서 반드시 해야 할 말을 하지 못하고 직원들을 잘못

된 방향으로 이끄는 '착한 리더 증후군'과 감성리더십은 명확히 구분해야 한다.

심리학적으로 '착한 아이 증후군'이라는 것이 있다. 이것은 타인으로부터 착한 아이라는 말을 듣기 위하여 자신의 욕구나 소망을 억압하는 말과 행동을 반복하는 증후군이다. 이 증후군에 걸린 사람은 타인과의 갈등을 피하기 위하여 타인의 눈치를 보게 되고, 타인의 요구에 순종적인 태도를 가지게 된다. 이러한 성향을 성인이 되어서까지 가지게 되면, '착한 어른 증후군', '착한 남자 증후군', '착한 리더 증후군'이 된다.

감성리더십은 착한 리더가 되라는 것이 아니라 리더 스스로 진정성을 가지고 긍정을 전파하는 것이다. 단순히 '보여주기 식' 또는 '구색을 갖추기 위한 활동'이 아니라, 리더가 앞장을 서서 긍정 에너지를 발산하는 것이 중요하다.

역사 속에서 긍정 에너지를 발산하여 사람들을 이끌었던 두 가지 예를 들어보자.

한니발

'한니발'은 고대 카르타고의 명장으로 불린다. 그는 카르타고 사람으로 모국인 카르타고가 로마와의 전쟁에서 지자, 세력을 키워 군대를 이끌고 로마를 기습한다. 당시 카르타고는 자국민 군대를 가지고 있지 않았다. 군인들은 모두 용병으로 외국인이었으며, 보수를 받고 전쟁을 수행하는 사람들이었다. 한니발은 이베리아 반도에서 이들을 이끌고 당시 누구도 생각하지 못했던 알프스를 넘어 로마의 영토로 들어간다. 출발할 때는 보병 5만 명과 기병 9천 명, 코끼리 37마리를 가지고 있었지만, 도착할 때에는 보병 2만 6천 명에 코끼리 30마리밖에 남지 않았다. 하지만 이들은 16년 동안 이탈리아 반도에서 75만 명의 로마군대와 전쟁을 하며, 계속 승리를 거둔다. 해외에서 계속 전쟁을 하다 보니 급료도 받지 못하는 용병들이 아무도 떠나지 않고 한니발을 따르며 목숨을 걸었던 이유는 무엇이었을까? 첫 번째는 확고한 자긍심과 확신이었다. 한니발은 탁월한 전력과 전술을 제공했으며, 이것들을 수행하여 승리를 이끌 수 있는 사람들은 그가 이끄는 용병들뿐임을 믿도록 만들었다. 즉, 한니발이라는 천재 용병가가 승리하기 위해서는 우리가 필요하다는 것을 상기시켜 준 것이다. 또한 한니발은 전쟁 기간 동안 병사들과 같은 복장, 같은 식사, 같은 숙소를 사용하여 차별을 없앰으로써 병사들의 헌신을 이끌어 내었다.

또 다른 예로는 프랭클린 루즈벨트가 있다. 루즈벨트는 무려 12년 동안이나 미국 대통령을 수행했다. 세계 대공황이라는 유례없이 경제가 어려운 상황에서 대통령이 되어 세계 2차 대전이 끝나갈 무렵 사망하기 전까지 대통령직을 수행했던 그의 비결은 무엇일까? 그것은 바로 변화에 대한 필요성을 자각하고 이를 수행하기 위해 국민과 한 소통이었다. 대통령 임기에 있는 동안 그는 "뉴딜정책"이라는 새로운 정책을 제시하여 이를

프랭클린 루즈벨트

수행해야 했고, 세계 2차 대전에 참전하여 전쟁도 수행하여야 했다. 그는 어려운 상황에 직면할 때마다 라디오를 통하여 연설을 하였는데, 그 수가 30회 이상이나 되었다. 대규모 토목 사업을 위해서는 새로운 비전과 지역 주민들의 이해, 지지가 필요했고, 전쟁을 수행하기 위해서는 명분이 필요했다. 따라서 그는 국민과 직접적인 소통을 선택하였다. 루즈벨트가 국민과 소통을 할 때, 배워야 할 점이 있다. 그 첫 번째는 진실성이다. 그는 국민에게 연설을 할 때 사실을 숨기거나 왜곡하지 않았다. 현실을 정확하게 얘기하고 그 일을 수행할 때의 단점까지도 명확하게 말했다. 그럼에도 불구하고 왜 그 일을 수행해야 하는지 국민들에게 쉽게 풀어서 반복하여 강조하여 설득했다. 두 번째는 신뢰성이다. 그는 자신을 지지하는 소수만을 믿고 일을 추진하지 않고, 국민을 믿고 국민의 신뢰를 얻기 위하여 노력했고, 국민의 신뢰와 지지를 기반으로 일을 추진해 나갔다.

이와 같은 두 가지 사례를 통하여 긍정에너지를 발산하는 감성리더십의 특징을 살펴보자.

감성리더십은 조직원들을 진심으로 존중하고 배려함으로써 조직원과의 긍정적인 관계를 지향한다. 관계지향형 리더는 조직원의 정서, 안녕 상태를 배려하여 원만한 인간관계를 유지하려 한다. 이러한 타입의 리더는 조직원을 배려하기 위하여 조직원의 의견을 존중하고 인정하며 친밀하게 대한다. 또한 조직원들의 이익을 대변해 주고 그들과 개방적으로 대화를 한다. 이러한 행위를 통하여 조직 내 협동과 팀워크를 증가시키고, 조직원들의 조직에 대한 헌신을 구축한다.

관계 지향적인 리더가 되기 위해서는 어떠한 능력을 가져야 하는가? 한태천, 임재강은 경찰조직을 중심으로 "감성리더십이 조직몰입에 미치는 영향"을 연구하였는데(2011), 이 연구에서 경찰서장 감성리더십의 구성요소 중 타인의 감정을 배려하는 능력으로 다음과 같은 6가지 능력을 제시하였다.

· 부하의 자연스런 감정표현을 개방하는 능력
· 부하의 감정표현에 대하여 인내하는 능력
· 부하의 감정을 헤아리고 이해하는 능력
· 다른 감정을 가진 부하를 이해하는 능력
· 부하의 감정을 전환시키고 설득하는 능력
· 부하와 친밀감을 형성하는 능력

여기에서 중요한 것은 원만한 관계 형성을 위하여 무조건 조직원들의 의견을 수렴하는 것이 아니라 조직원의 감정을 전환시키고 설득하는 능력이 필요하다는 것이다.

비전적 변혁

변혁적 리더십을 가진 사람은 확실한 비전을 가지고, 이를 이루기 위하여 조직원에게 개인적인 이해관계를 넘어 기대 이상의 성과를 달성할 수 있도록 동기를 부여한다. 조직원들에게 결과의 가치를 보여주고, 욕구 수준을 높은 단계로 끌어올리며, 자신감을 심어줌으로써 성과를 이끌어 낸다.

이러한 변혁적 리더는 변화를 위하여 스스로 조직원들에게 역할 모델을 하며, 조직원의 의견에도 귀를 기울이고 반대 의견에도 개방적이다. 따라서 강압적으로 자신의 의견을 따라오게 하는 것이 아니라 시간이 걸리더라도 조직 내의 반대 입장에 인내심을 가지고 설득을 해 나간다.

신뢰 기반

스피노자는 '인간의 불행은 서로의 불신에서 비롯된다.'라고 말한 바 있다. 최근 자동차 업계에서 최고 수준의 경쟁력과 실적을 가지고 있던 폭스바겐이 연비 조작으로 인하여 독일 내는 물론 전 세계적인 불신을 일으켰다. 이로 인하여 폭스바겐 자체가 위기에 처했으며, 독일에 대한 이미지 자체를 추락시켰다. 불신은 작은 것에서 시작하지만 그 결과는 매우 크다. 리더에게 신뢰가 있어야 조직원들이 리더의 말을 믿고 따르게 된다.

리더는 어떠한 신뢰감을 조직원들에게 주어야 할까? 우선 능력에 대한 신뢰이다. 리더는 조직의 목표를 위하여 일을 잘 수행할 수 있다는 신뢰감을 조직원들에게 주어야 한다. 앞의 한니발의 예처럼 "한니발은 전략과 전술에 대한 전문가이니 우리는 그를 믿고 우리의 역할을 다하면 전투에서 승리할 수 있다." 는 신뢰를 주어야 한다는 것이다. 다음은 인격에 대한 신뢰이다. 리더가 조직원들과의 관계를 소중히 여기고 조직원을 위하고 있다는 믿음을 주어야 한다. 이러한 신뢰를 주기 위해 리더는 공정해야 하며, 정직하고 진정성이 있어야 하고, 말과 행동이 일치하는 일관성을 가져야 한다.

동기 부여

리더가 아무리 능력이 있어도 혼자 모든 일을 다 할 수는 없다. 목표를 추진하기 위해서는 조직원들이 왜 이 일을 해야 하는지, 그 일을 수행하였을 때 조직원들에게 어떠한 정신적, 물질적 보상을 얻을 수 있는지를 명확하게 제시하여야 한다.

동기부여를 하기 위해서는 거래적 리더십이 필요하다. 거래적 리더십이란 리더가 상황에 따른 보상에 기초하여 조직원들에게 영향력을 행사하는 것이다. 이를 위하여 리더는 조직원들의 욕구를 조사하고 조직원들의 역할을 명확히 하여, 조직원이 결과를 달성하였을 때 어떻게 욕구를 충족할 수 있는지를 보여주어야 한다. 여기서 중요한 점은 단순히 물질적 보상만이 아닌 목적의식을 고취시켜 경력 성장, 작업환경 개선, 업무 기회와 같은 다양한 동기를 부여해야 한다는 것이다.

민주적 경영

우리는 오랫동안 리더십이란 단어를 들으면 '카리스마'라는 단어를 떠올려 왔다. 이것은 그동안 우리가 권위적이 사회에서 살아왔는지를 보여준다. 아직도 우리는 대기업의 회장들을 왕회장이라고 부른다. 그만큼 조직 내에서 그들의 결정이 매우 컸고, 조직원들은 그에 따를 수밖에 없었다. 하지만 예전에 그러한 것이 가능했던 이유는 그들 중 대부분이 자신의 능력을 최대한 발휘하여 성공을 했기 때문에 자신의 경험을 믿을 수밖에 없었기 때문이었다. 하지만 지금은 다수의 의견을 모으는 것이 더 좋은 결과는 낸다는 사람들이 인식하고 있고, 납득하지 못하는 일은 제대로 수행되지 않는 경우가 늘고 있다. 따라서 이제는 권위적인 아닌 민주적인 리더십이 필요하다.

　민주적 리더십은 조직원의 목소리를 듣고 토론하고 반응하는 것에 기반을 둔다. 또한 수직적인 명령 체계보다는 수평적인 체계를 만들고, 조직원들이 목표 설정과 평가에 참여할 수 있도록 한다. 민주적 리더는 조직원들과의 교류를 중시하고 협력을 위하여 많은 소통을 하며, 조직원들의 참여를 통하여 조직원들의 주인 의식을 높인다.

온화함 속 추진력

'어머니'라는 단어는 '사랑', '희생', '훈육'과 같은 단어를 연상시킨다. 어머니의 리더십은 대가를 바라지 않고, 가족을 세밀하게 보살피며, 위기가 닥치거나 필요한 상황에 자신을 희생하거나, 가족이 잘 되기 위해서 훈계하고 육성하는 마음에서 나온다. 이러한 리더십은 가족의 절대적인 신뢰에서 비롯된다. 가족에 대한 사랑으로 가족 내 이슈도 스스로 만들어 내어 이를 추진력을 가지고 해결하는데, 이는 어떤 상황에서든 모든 희생을 감수할 것이라는 가족들의 믿음에 근간한 것이다. 이 점이 추종자들이 불가항력적으로 따라오게 하는 권위적인 리더십과 큰 차이를 보여준다.

오늘날과 같은 감성 사회에서 항상 온화한 미소 속에 꼼꼼함을 갖추고 유연성을 겸비하여 가족에게 서비스를 하지만, 다른 한편으로 가족을 위하여 엄하게 훈육하고, 이슈를 추진해 나가는 어머니의 리더십이 필요하기 때문에 여성 리더가 많이 등장하게 되었다.

Key Point

감성리더십의 특징

· 배려, 관계 지향 : 조직원의 정서, 안녕 상태를 배려하여 원만한 인간관계를 유지
· 변혁적, 비전적 : 확실한 비전을 가지고, 이를 이루기 위하여 조직원에게 개인적인 이해관계를 넘어 기대 이상의 성과를 달성할 수

있도록 동기를 부여
· 신뢰 기반 : 조직원에게 능력에 대한 신뢰와 인격에 대한 신뢰를 줌
· 동기 부여 : 상황에 따른 보상에 기초하여 조직원들에게 영향력을
  행사
· 민주적 경영 : 조직원들과의 교류를 중시하고 협력을 위하여 많은
  소통을 하며, 조직원들의 참여를 통하여 조직원들의 주인 의식을
  부여
· 온화함 속 추진력 : 리더에 대한 믿음에서 시작되며, 평상시에는
  온화하지만 필요할 때에는 훈육도 하고 일을 밀고 나가는 추진력
  을 발휘

🗒 생각해 보기

· 민주형 리더와 자유방임형 리더의 차이는 무엇인가?

_____

_____

_____

_____

· 권위적 리더십과 민주적 리더십에서 조직원을 바라보는 관점이 각각
  어떻게 다른가?

_____

_____

_____

_____

4
감성리더십의 효과

강한 유대감 형성

감성리더십은 상대방을 배려하는 문화를 정착시키고, 상호 신뢰감을 만들어 내기 때문에, 강한 유대감을 형성할 수 있다. 조직원들은 단순히 '직장'에 나와서 일을 하는 것이 아니라 '가족' 같은 분위기 속에서 서로 돕고 이해하는 마음을 가지게 된다. 따라서 조직원들의 애사심을 이끌어 낼 수 있고, 모두가 조직의 성장에 적극적으로 노력하며, 조직과 개인이 상생하여 모두가 만족할 수 있는 효과를 이룰 수 있다. 리더십과 이직률에 대한 여러 연구들이 이루어졌는데, 이 결과 감성리더십으로 운영되는 조직일수록 이직률이 낮다는 것을 보여주고 있다. 이러한 결과는 감성리더십을 발휘하면 조직원들의 조직에 대한 만족도가 높다는 것을 보여준다.

원활한 소통

2008년 LG경제연구원은 대한민국 직장인 리더십을 진단하는 연구를 수행하였다. 이 연구에서 '현재 중요한 리더십 역량'과 '10년 후 중요해질 리더십 역량'을 조사하였는데, 두 가지 모두 커뮤니케이션을 가장 중요한 리더십 역량으로 선정되었다. 이러한 연구 결과는 오늘날 조직에서 소통이 얼마만큼 중요한지를 보여준다. 여기서의 소통은 수직적인 소통이 아니라 수평적인 소통이다. 감성적인 소통은 지시하는 것이 아니라 협조를 구하는 것이며, 명령을 하는 것이 아니라 권유하는 것이고, 비난을 하는 것이 아니라 이해를 구하는 것이다. 이렇게 조직 내에서 편안한 소통이 이루어지면 즐거운 마음으로 자신의 역할을 다 할 수 있도록 하여 조직의 목적을 효과적이며 효율적으로 달성할 수 있도록 한다. 또한 여러 의견들을 들을 수 있기 때문에 보다 많은 아이디어들을 얻을 수 있다.

높은 성과

감성적 리더는 조직원들이 가지고 있는 재능을 충분히 발휘할 수 있도록 최대한으로 분위기를 만들어주고 도와준다. 또한 조직원들의 경험을 최대한 존중하여 그들을 지지함으로써 의사결정에서 자신감을 가질 수 있도록

제환공

한다. 춘추전국시대 때 제환공은 관중을 등용하여 신뢰감을 바탕으로 관중이 자신의 재능을 모두 발휘할 수 있도록 하였다. 그 결과 제환공은 첫 번째 패자가 될 수 있었다. 감성적 리더십은 개인 수준이 아니라 조직 수준에서 발휘되는 것이다. 따라서 조직원들 전체가 창의성을 충분히 발휘할 수 있도록 하여 조직 전체에서 높은 성과를 얻을 수 있다.

즐겁게 일할 수 있는 조직 문화 형성

리더가 자신의 정서를 인식하고 이를 통제하고, 조직원들의 감성을 배려하며 팀워크를 자연스럽게 이끌어낼수록 조직원들의 직무에 대한 성취도와 만족도가 높다는 것은 이미 여러 연구 결과로 나왔다. 이전과 같은 업적 위주의 조직 문화는 구성원들 간의 경쟁을 이끌어 내어 조직원들에게 많은 스트레스를 주었지만, 조직원 간의 협동을 강조하는 조직 문화는 외부 환경 변화에 융통성을 발휘하고 적극적으로 대응할 수 있도록 한다. 조직원의 감성을 이해하고 효과적으로 관계를 관리하는 리더의 사회적 역량은 조직원들의 스트레스를 줄이고, 업무 만족도를 높여 즐겁게 일할 수 있는 분위기를 만들어 내었다. 이러한 인식 하에 최근 여러 기업들이 감성리더십의 한 형태로 'fun 경영'을 도입하고 있다. 이는 일과 삶의 균형을 이루는 '신바람 나는 직장'을 만드는 것으로 조직 내에 활기와 즐거움을 넘치게 하는 것이다. 'fun 경영'의 요점은 기업의 최대 고객은 일하고 있는 조직원들이며, 조직원들이 만족해야 고객들도 만족할 수 있다는 마인드로, 이러한 경영은 미국 사우스웨스트 항공사에서 도입하여 큰 효과를 보기 시작하면서 붐이 일어나고 있다.

일과 회사에 대한 자부심 함양

감성리더십을 발휘하는 리더 아래에 있는 구성원들은 자신이 몸담고 있는 회사와 자신이 수행하는 업무에 자부심이 높아지는 경향이 있다. 우선 민주적으로 운영되는 사업장에서 업무를 수행하는 구성원은 자신의 회사에 대한 소속감과 주인의식이 높아진다. 회사의 중요 결정에 자신의 의견이 반영되기 때문에 회사에 대한 주인의식이 함양되는 것이다. 미국의 스타벅스는 현장에서 일하는 직원들에게도 의사결정에 참여할 수 있는 권한을 주고 있다. 이러한 전략으로 스타벅스에서 일하는 직원들은 현장에서 일하는 직원일지라도 자신의 의견에 회사가 귀를 기울인다는 자부심을 가지고 일하고 있다. 다음으로 직원 스스로가 회사에 꼭 필요한 존재라는 의식을 고취시키고, 자신이 하고 있는 일이 회사에 꼭 필요하다는 자부심을 가지게 된다. 미국의 컴퓨터 제조업체인 테크트로닉스 사는 정기적으로 직원들을 회사 내 다른 작업장뿐만 아니라 고객사를 방문하도록 하고 있다. 이를 통하여 구성원들은 자신들이 수행한 작업이 어떻게 사용되고 있는지 살펴볼 수 있으며, 자신의 일에 보람을 느끼고, 자신의 작업이 회사에 어떠한 영향을 주는지 이해하면서 책임감을 높이고 있다. 이와 같이 구성원들이 자신의 일과 회사에 대하여 자부심이 높아지면, 일하는 재미도 더해지고 회사에 대한 소속감이 높아지게 된다. 즉, 구성원들이 자신이 회사에 꼭 필요한 존재라는 점을 자각시킴으로써 동기부여를 시키고, 보람을 느낄 수 있도록 한다.

감성리더십의 효과

· 강한 유대감 형성 : 상대방을 배려하는 문화를 정착시키고, 상호 신뢰감을 만들어 내기 때문에, 강한 유대감을 형성함
· 원활한 소통 : 수평적이고 편안한 소통을 통하여 다양한 아이디어를 얻을 수 있으며, 즐거운 마음으로 자신의 역할을 다 할 수 있도록 하여 조직의 목적을 효과적이고 효율적으로 달성할 수 있도록 함
· 높은 성과 : 조직원들이 가지고 있는 재능을 충분히 발휘할 수 있도록 하여 조직 전체가 높은 성과를 이룰 수 있도록 함
· 즐겁게 일할 수 있는 조직문화 형성 : 조직원들이 일과 삶의 균형을 이루도록 하여 업무 만족도를 높이고 즐겁게 일할 수 있는 문화를 형성함
· 일과 회사에 대한 자부심 함양 : 회사와 구성원들에게 소속감과 주인의식, 책임감을 높임으로써 업무에 대한 동기부여를 주고 보람을 느낄 수 있도록 함

생각해 보기

· 조직 내에서 원활한 소통이 이루어지도록 하기 위해서는 어떠한 태도를 가져야 하는가?

· 최근 'fun 경영'이 인기를 얻는 이유는 무엇인가?

인공지능 시대
인간의 감성을
리딩하라

3

감성리더십은
어떻게 발휘되어 왔는가?

관계를 지향하는 배려의 리더십
비전을 가진 변혁적 리더십
대내외적 신뢰의 리더십
목표를 향한 동기부여 리더십
다함께 참여하는 민주적 리더십
온화함 속에 추진력을 갖춘 어머니 리더십

1
관계를 지향하는 배려의 리더십

가족을 중시하는 기업 : 인드라 누이 펩시코 CEO

인드라 누이는 인도의 보수적인 힌두교 집안에서 태어났다. 인도에서 경영학 석사를 마친 후, 미국으로 건너간 그녀는 예일대학교 경영대학원에서 경영학 석사를 받았다. 그 후, 보스턴

인드라 누이

컨설팅 그룹, 모토로라 등에서 일을 했다. 제네럴 일렉트릭의 회장이었던 잭 웰치로부터 입사 제의를 받았지만, 그녀는 펩시코의 제의를 받아들여 1994년 펩시코로 들어갔다. 그녀의 노력으로 펩시코는 경쟁업체인 코카콜라를 추월하여 업계 1위의 기업이 되었다. 누이는 2006년 펩시코의 CEO가 되었고, 2007년 5월에는 이사회 회장으로까지 임명됐다.

누이는 지속적으로 여성임원을 늘리고 있다. 그 이유는 여성이 펩시코의 가장 중요한 고객인데, 남성 위주로만 회사를 구성하면 까다로운 여성의 욕구를 파악하기 어렵다는 것이다. 누이가 여성 임원을 늘린 후부터 펩시코의 매출은 꾸준히 올라갔고, 일반직원에도 여성의 비율을 늘렸다.

원래 펩시코는 다문화에 익숙한 회사가 아니라는 평을 받아 왔는데, 누이가 회장이 된 이후로 사내에 여성과 소수민족의 비율이 높아졌다. 이로 인하여 펩시는 '인종의 전시장'이라는 별명을 얻게 되었다.

이 과정에서 누이는 '파워 페어스'라는 제도를 장려하여, 소수민족의 여성 직원이 회사에 쉽게 적응하도록 하면서 회사도 도움을 얻을 수 있도록 하였다. 이 제도는 소수인종인 여성 직원과 백인 관리자가 각자 한 명씩 상대를 맡아 도움을 받는 것으로서, 백인 관리자는 여성 직원에게 회사에서 유용한 성공법을 가르치고 여성 직원은 미국의 소수민족 사회 특성이나 젊은 세대의 사고방식을 관리자에게 알리는 방식이다.

누이의 경영 철학은 "일보다 가족을 먼저 생각하라."이다. 펩시코는 가족을 상대로 상품을 파는 기업이기 때문에 직원들도 가족을 중요시해야 한다는 것이다. 이러한 생각은 누이의 경험에서 얻어진 철학이다. 누이는 매일 아침 죄의식을 느낀다고 한다. 그 이유는 그녀가 한 회사의 CEO이자, 한 남편의 아내이며, 두 딸의 어머니이기도 한데, 이 모든 역할이 중요하지만 전부 잘 하기는 어렵기 때문이다. 이러한 철학에 따라 펩시코는 직원들을 위하여 근무시간을 단축하고 후생복지 정책을 늘렸다. 그녀는 펩시코 임원들의 부인들에게 직접 '남편의 긴 근무 시간에도 내조를 잘 해줘서 감사하다.'는 편지를 써서 보내기도 한다. 누이는 회사 임원회의 중에 딸에게 전화가 오면 당장 전화부터 받는 것으로도 유명한데, 미국 경제전문지인 포브스는 이러한 그녀를 일과 가정을 훌륭하게 꾸리는 '슈퍼맘'이라고 평가하기도 하였다.

누이의 이러한 철학은 어머니로부터 물려받았다고 한다. 누이가 펩시코의 CEO가 된 뒤, 이 소식을 전하기 위하여 어머니를 찾아갔는데 어머니는 "우유부터 사 오너라."라고 말했다고 한다. 그녀가 서운해 하자 어머니는 누이에게 이렇게 말했다.

"집에 들어올 때는 네가 밖에서 썼던 왕관을 벗고 들어와야 한다. 집에서 네게 가장 중요한 것은 아내이자 엄마라는 자리이기 때문이다."

이러한 철학을 가진 그녀는 가족적 리더십으로 펩시코의 기업문화를 바꾸어 놓았다는 평을 받는다. 처음 CEO가 되었을 때, 많은 사람들이 펩시코의 첫 인도출신의 여성 이방인 CEO라며 불안해했지만, 본인과 회사, 조직원들의 상황을 이해하고 배려하는 사고로 조직원들 간에 강한 연대감을 만들고, 모두의 가치관을 모아 다양한 사업을 할 수 있도록 만들었다. 그녀는 CEO가 되기 전부터 트로피카와 게토레이 인수를 주도적으로 추진하여, 소비자의 식탁에 다양한 음료를 제공할 수 있도록 하였다. 만약 펩시코가 코카콜라와 같이 탄산음료 제조만 고집을 했다면 결코 코카콜라를 추월하지는 못했을 것이라는 것이 전문가들의 의견이다. 다른 사람들이 우려했던 '이문화성'이 오히려 그녀의 장점이 되었던 것이다.

📋 생각해 보기

· 자신은 일(業)과 가족중에 무엇이 더 중요하다고 생각하며, 그 이유는 무엇인가?

_____

_____

_____

_____

· 자신의 단점이라고 듣는 평을 장점으로 승화시킬 수 있는 방법은 무엇인가?

_____

_____

_____

_____

직원을 떠받드는 서번트 : 하워드 슐츠 스타벅스 CEO
하워드 슐츠는 뉴욕 브룩클린 빈민가의 유대인 가정에서 태어났다. 집이 가난하여 12살 때부터 신문배달을 했었다. 대학교를 졸업한 후 그는 세일즈맨으로 제
록스에 입사하였다. 첫 직장에서 시
작한 세일즈 일은 쉬운 일이 아니어
서 실패를 많이 했지만, 열심히 노력
하여 제록스 최고의 세일즈맨 중 한
명이 되었다.

하워드 슐츠

그 후 스웨덴 가정용품 생산업체인
해마플라스트로부터 부사장 겸 총괄 매니저로 스카우트되어 일
하다가 시애틀의 스타벅스를 알게 되고, 스타벅스의 커피 맛을
본 그는 1년을 설득하여 스타벅스에 입사했다. 밀라노 출장 중
이탈리아의 낭만과 휴식을 알게 된 슐츠는 경영진들에게 커피
전문점 사업을 제안했지만 결국 실패하여, 독립할 생각을 하게
되었다. 힘들게 스폰서를 구하여 1986년 시애틀에 '일지오날레'
라는 커피전문점을 열었고, 다음 해인 1987년에는 스타벅스를
인수하였다.

이와 같이 고생을 많이 했던 슐츠는 직원을 떠받드는 CEO로
유명하다. 그는 10만 명이나 되는 매장 직원에게 의료보험 혜
택과 '원두 주식'이라는 스톡옵션을 제공하고 있다. 한 언론사
가 슐츠를 인터뷰한 적이 있는데, "마지막까지 지키고 싶은 것
이 무엇입니까?"라는 질문에 그는 "구성원들에게 제공하는 의
료혜택"이라고 답했는데, 이것은 슐츠의 직원에 대한 생각을
잘 말해주고 있다. 또 다른 사례로 많은 기관투자가가 슐츠에
게 직원 모두에게 제공하는 의료 혜택을 줄이라고 요구했을 때

에도 슐츠는 다음과 같이 말했다.

"그건 스타벅스 구성원들이 회사에 가지고 있는 '신뢰의 보고'를 깨부수는 자기 파괴적인 일입니다."

또한 다음과 같은 말도 슐츠의 경영 철학을 잘 말해준다.

"성공은 모두가 같이 했을 때 가치가 있는 것이다. 결승선에 혼자만 도착하면 공허한 마음만 있을 뿐이다. 한 팀이 모두 결승선에 도달한다면 그것이 더욱 기쁜 것이다. 즉 성공은 나누어 가질 때 가장 값진 것이다. 일게 파트타임 직원까지도 하나가 되어 결승선까지 달려야 하는 것이다."

이처럼 슐츠는 진정성을 가지고 직원들이 자신의 역량을 마음껏 발휘할 수 있도록 환경을 조성하고, 기업의 목표와 가치를 함께 공유하는 서번트 리더십을 실천하고 있다.

슐츠는 스타벅스 직원들을 '종업원(employee)'이 아닌 '파트너(partner)'라고 부르게 함으로써 동업자임을 나타낸다. 그의 직원에 대한 애정을 잘 나타내는 예는 1990년 중반에 있었던 스타벅스 강도 사건이다. 텍사스에 있던 한 스타벅스 점포에 강도가 들어와 점포 관리자가 사망을 하게 되었다. 이 소식을 들은 슐츠는 즉시 전세 비행기를 타고 텍사스로 가서 점포의 문을 닫은 후 그곳에 머물렀다. 그러면서 가족과 직원을 만나 상담하고 지원하면서 진지한 관심을 나타내었다. 게다가 사망한 관리자의 가족을 위하여 기금을 조성하고 사건이 발생한 점포를 기증하여 수익금을 가족 부양에 사용하도록 하였다. 이러한 슐츠의 행동은 스타벅스 전 직원들에게 깊은 신뢰감을 주었다.

2000년 슐츠는 경영일선에서 물러났다. 하지만 경쟁업체의 성장과 스타벅스의 무리한 확장으로 인한 수익성 악화, 노동 착취 기업이라는 비난으로 인한 불매운동 등으로 위기를 겪게 되자, 슐츠는 2008년 다시 CEO로 복귀했다.

그는 17만여 명의 직원들에게 회사가 고객을 향한 서비스에 보다 집중하기 위해 약 220명의 인원을 감축하겠다는 내용의 이메일을 전달했다. 그는 인원감축 배경을 설명하며, 바리스타나 매장 관리직원, 매장 직원이나 해외 매장을 운영 관리하는 지역별 관리직은 인원감축 방안에 적용되지 않는다고 밝혔다. 또한 미국 전 지역의 스타벅스 매장을 3시간 30분 동안 휴점하게 하여 전 직원을 재교육시키기도 하였다.

슐츠는 기업이 위기에 빠지게 되면 CEO의 잘못이라고 인정하는 용기가 필요하다고 말한다. 기업이 위기나 문제에 직면할 때마다 직원들에게 책임을 전가하거나 환경 탓을 하게 되면 직원들이 더 큰 위기감을 느낀다는 것이다. 그는 모든 문제를 자신의 책임이라고 인정했던 순간이 위기 극복의 큰 전환점이 됐다고 말한다.

"커피는 단순한 음료가 아니라 사람과 사람을 이어주는 매개체"라고 말하는 슐츠의 경영 철학에는 사람이 있으며, 냉정한 판단과 혁신을 하지만 인간적인 고뇌와 감성적인 애정을 늘 가지고 있다.

📑 생각해 보기

· 회사에서 직원이 중요한 이유는 무엇인가?

_____

_____

_____

_____

· 나는 남이나 환경 탓을 하지 않고 자신의 잘못을 인정한 경험이 있
  는가?

_____

_____

_____

직원제일주의 : 허브 캘러허 사우스웨스트 항공 전 CEO

사우스웨스트 항공은 유일하게 1973년 창업 이래 30년이 넘는
세월 동안 매년 이익을 올린 유일한 미국 항공사이다. 이는 치
열한 경쟁으로 잘 되거나 잘 안 되기도 하는 항공 산업에서 매
우 이례적인 일이다. 사우스웨스트는 타 항공사 평균 수준에
약간 못 미치는 급여수준에도 불구하고, 1999년부터 연속하여
일하기 좋은 기업으로 선정되고 있다. 세계에서 가장 존경받
는 기업 2위이고, 미국 항공사 중 유일한 노사 무분규 기업이

허브 켈러허

며, 9·11테러 이후 다른 대형 항공사들이 도산 위기에 처했을 때에도 단 한 명의 인원 감축을 하지 않은 회사이다. 이러한 사우스웨스트 항공의 성공은 공동 창업자이자 1978년부터 2001년까지 CEO를 맡은 허브 켈러허의 탁월한 리더십 때문이다.

캘러허는 직원들을 진심으로 존중하고 대우하는 진정성을 표현함으로써 모든 조직구성원과 신뢰관계를 구축했다. 그는 직원들에 대한 신뢰와 존중을 경영철학으로 공표하고, 이를 실제 리더의 행동으로 가시화했다. '직원 제일주의'라는 경영철학을 표방한 켈러허는 정당한 이유 없이 직원을 모욕하는 고객에게 항공료를 돌려주며 다른 항공사를 이용할 것을 정중히 권유한 적 있다.

사우스웨스트 항공의 가치관과 철학은 다음과 같다. 제1조 일은 즐거워야 한다. 일은 놀이이다. 즐겨야 한다. 제2조 일은 중요하다. 그렇다고 너무 심각하게 생각하여 억지로 해서는 안 된다. 제3조 사람은 중요하다. 한 사람이 세상을 바꿀 수 있다.

켈러허는 '미국에서 가장 웃기는 경영자'로 불릴 정도로 유머 경영, 혹은 펀 경영을 중시했다. 그는 '유머는 조직의 화합을 위한 촉매제'라며 '일은 즐거워야 한다.'고 주장했다. 켈러허가 펀 경영으로 얻으려 한 것은 사람들의 마음이었다. 그는 내면에서부터 기쁘고 즐거운 마음으로 일할 수 있는 기업만이 초일류기업으로 성장할 수 있다고 확신했다. 항공산업 같은 장치산업도 결국 기계장치가 경쟁력이 아니라 사람, 문화, 전략 등이 경쟁력임을 제대로 인식하고 이를 몸소 실천하고자 노력했다. 그는 유머와 인간존중을 통해 경계를 허물고, 수직적 사고에서 벗어나도록 함으로써 조직의 창조성을 극대화시켰다.

그의 리더십은 그가 리드하는 사람들에게 충실하고 헌신적으로 봉사하는 것이다. 그들과 인생의 즐거움은 물론 괴로움도 함께 하는 것이다. 허브 켈러허는 수천 명 직원의 이름을 기억하는 것으로도 유명하다.

1994년 어느 날 〈USA 투데이〉지에 다음과 같은 전면광고가 실렸다.

"우리는 허브 씨에게 우리의 이름을 모두 기억해주시고, 맥도날드 하우스를 지원해주시고, 추수감사절에 선물을 주시고, 모든 사람에게 키스를 해주시고, 들어주시고, 이윤이 남는 항공회사로 키워주시고, 휴일 파티에 노래를 불러주시고, 보스가 아니라 친구가 되어주신 것에 대해 경영자의 날을 맞아 진심으로 감사드립니다."

이 광고는 허브 켈러허의 리더십에 감복한 1만6천여 명의 직원들이 스스로 비용을 각출해 실은 것이다. 허브 켈러허에 대한 사랑의 표시였다.

사우스웨스트 항공은 뜻밖에도 미국에서 노조의 활동이 가장 활발한 항공사이다. 그렇다고 노사분규가 많다는 것은 아니다. 현재 전체 직원 중 노조에 가입한 근로자들의 비율은 84% 이지만, 파업 건수는 약 15년 전에 정비사들이 단 한 차례 6일 동안 파업한 것 말고는 없다. 한 고위 임원은 '캘러허 사장은 특히 노사 관계에 있어서 탁월한 능력이 있다. 특히, 노조원들이 회사가 발전해야 자신들도 잘 될 수 있다는 인식을 가지도록 만든 것을 보면 그의 능력을 다시 한 번 실감할 수 있다.'라고 말했다.

캘러허는 단순히 리더십을 보여주는 행동에 있는 것이 아니라, 강력한 경영진과 기업문화를 구축했을 뿐만 아니라 다양한 요소들을 통합하여 그러한 기업문화와 일관성과 연속성을 가지고 유지될 수 있도록 만들었다. 자신들이 추구하는 가치와 기업 시스템, 조직 구조 및 전략 사이에 조화를 이루기 위하여 최선의 노력을 다한다는 점에서 찾아볼 수 있다.

📋 생각해 보기

· 고객 서비스를 중시하는 우리나라에서 직원제일주의를 어떠한 방식으로 도입할 수 있겠는가?

· 노동조합을 만들지 않으려는 회사와 노동조합이 있지만 분규가 일어
  나지 않는 회사는 어떠한 차이가 있는가?

_____

_____

_____

직원의 정서순환 : 데이비드 오길비 오길비앤매더 창업자

데이비드 오길비는 세계적인 카피라이터이자, 세계에서 10번째
로 큰 광고대행사인 오길비앤 매더의 창립자이다. 1920년대 이
후 광고계의 번영을 이끈 '현대 광고의 아버지'로 불려왔다.

오길비는 어린 시절 아버지의 사업 실패로 힘든 소년기를 보
냈다. 옥스퍼드 대학교에 입학했으나 우울증으로 학업에 부하
여 퇴학을 당했다. 이후 농부, 요리사, 외판원 등 여러 종류의
일을 하게 되었다.

데이비드 오길비

오길비는 오븐 외판원으로 일
하다가 판매량을 늘릴 목적으로
만든 세일즈 가이드북을 보게 되
는데, 여기에서 광고의 필요성을
느끼게 되었다. 그는 직접 가이
드북을 만들어 광고대행사 마더

앤 크로더에 보냈고 이 회사에 입사하면서 광고계에 첫 발을 내

딛었다. 이 곳에서 두각을 나타내어 얼마 뒤 마더 앤 크로더의 광고주 담당 영업 간부의 자리까지 오르게 되었다.

이후 1938년 미국으로 이민하면서 영국 정보부, 주미 영국 대사관 등에서 영국 정부를 위해 일하는 등 다양한 직업을 거쳤다. 당시 조지 갤럽 사의 조사원으로 일하기도 했는데 이 당시의 경험은 데이비드 오길비가 이후 광고인으로 리서치의 중요성을 강조하고 활용하는 데 주된 계기가 되었다.

1948년 직원 2명의 휴잇 오길비 벤슨 앤 매더 광고대행사를 창립했고, 이듬해에는 다시 오길비 앤 매더 광고대행사를 창립했다. 1965년에는 마더 앤 크로더를 인수하여, 이를 토대로 오길비 앤 매더를 100여 개국에 지사를 둔 다국적 광고그룹으로 키울 수 있었다.

오길비는 직원들과 대화를 나누는 것을 좋아했다. 대화의 주제는 일회적 관심의 차원에서 벗어나 직원의 꿈, 삶의 목표, 일 속에서 펼치고 싶은 바람 등이었다. 이러한 대화를 통하여 그는 직원에 대하여 잘 알게 되고 많은 조언을 해 주었다. 이에 대한 한 사례가 있다.

셸리 라자루스라는 신입 여성이 있었는데, 그녀는 임신 8개월째였다. 어느 날 밤늦게까지 일하다가 고개를 들어보니 사장인 오길비가 서 있었다. 그는 그녀에게 일이 잘 되어가는 지 물어보면서 여러 가지 이야기를 하기 시작했다. 오길비는 그녀에게 일은 마음에 드는지, 앞으로 어떤 일을 하고 싶은지, 출산 후에도 계속 일을 할 계획인지 등 그녀의 인생 전반에 관한 것에 대하여 대화를 나누었다. 그들의 이런 대화는 그녀가 출산을 할 때까지 매일 계속되었다. 수십 년 후 셸리 라자루스는 오길비 앤 매더의 CEO가 되었는데, 그녀는 자신이 아직도 광고업계에서 일하고 있는 가장 큰 이유 중의 하나가 입사 직후 오길비와 나눈 대화를 통해 다진 유대감 때문이라고 말했다.

또한 오길비는 적절할 때에 유머를 잘 사용한 것으로도 알려져 있다. 어느 날 회의를 하는데 이에 참석한 영업 담당 부사장이 모두에게 나눠준 시장조사 자료를 보면서 혼자 엉뚱한 결론을 내렸다. 영업 담당 부사장의 말을 들을 다른 사람들은 자료만 보면서 아무 말도 하지 않았다. 그것은 영업 담당 부사장의 판단이 틀렸다는 것을 의미했다. 그러자 오길비는 "안경을 안 쓰고 보셨나 봐요."라고 재치 있게 영업 담당 부사장에게 말했다. 이 말에 모두가 웃음을 터뜨렸다.

이러한 농담은 노골적인 비판으로 거칠어질 수 있는 회의 분위기를 부드럽게 만들 수 있고, 그곳에 모인 사람들이 영업 담당 부사장의 판단이 틀렸다고 생각한다는 것을 은연중에 보여줄 수 있다. 따라서 불필요하게 반박하고 논쟁하느라 시간 허비하는 것을 피할 수 있고, 회의 참석자들로 하여금 영업 담당 부사장의 잘못된 판단에 더 이상 마음을 쓰지 않고 바로 해결책에 대한 논의로 넘어갈 수 있도록 하였다.

오길비가 직원들과의 대화를 통하여 영감을 불어 넣어 주는 것이나 유머를 자주 사용하는 것은 직원들의 정서를 순화시켜 주는 것이다. 정서를 순화시켜 줌으로써 마음을 움직여 직원들

제 3 부 감성리더십은 어떻게 발휘되어 왔는가?

이 자신이 가진 잠재력을 모두 발휘하게 했던 것이다.

📋 생각해 보기

· 직원의 일상생활에 대하여 진지하게 물어보고 조언을 해 주는 것은 직
원에게 어떠한 느낌을 주겠는가?

_____

_____

_____

· 적절한 유머의 사용은 분위기 전환에 어떠한 역할을 하는가?

_____

_____

_____

2
비전을 가진 변혁적 리더십

화합과 포용 : 앙겔라 메르켈 독일 총리

독일 여성 총리 앙겔라 메르켈은 미국 경제 주간지인 〈포브스〉
가 선정한 '세계에서 가장 영향력 있는 여성' 리스트에서 1위를

앙겔라 메르켈

차지한 인물이다. 남성까지 포함한
순위에서는 4위에 올랐다. 메르켈
은 독일 최초의 여성 총리이자, 독
일 첫 과학자 출신 총리이며, 동독
출신 첫 총리이고, 유럽 최장수 여
성 총리이기도 하다.

흔히 그녀가 오랜 기간 동안 총리
를 할 수 있었던 이유는 "화합과 포용력을 지닌 어머니 리더십"
때문이라는 평을 받는다.

중도우파인 기독민주당을 이끄는 그녀는 2013년 중도좌파인 사회민주당과 17시간의 마라톤협상을 통해 8.5유로 최저임금제 도입과 연금 수령 시기 조정 등을 받아들이면서 대연정에 성공했다. 2005년 처음 사회민주당과 연립정부를 구성했을 때에도 외교부 · 재무부 · 경제부 등 주요 부처의 장관 자리를 사민당에 맡겼었다. 합의를 이루는 것은 힘들지만 그것이 바로 초당파적 해결책이 된다는 메르켈의 말은 반대당의 의견도 수용하는 그녀의 포용력을 보여주고 있다.

그리스로 인해 유로존 재정위기가 왔을 때에도 메르켈은 그리스의 경제정책을 비난하지 않고 그리스가 재정 위기를 수습할 수 있도록 도와주었다.

지난 2015년 7월, 메르켈은 독일 공영방송 NDR의 '독일에서의 좋은 생활'이라는 주제로 한 대담 프로그램에서 추방 위기에 놓은 림이라는 난민 소녀에게 "난민을 다 받아줄 수 없다."라는 냉정한 대답으로 논란에 휩싸이기도 했다. 림은 레바논의 팔레스타인 난민 캠프를 거쳐 4년 전 가족과 함께 독일에 온 소녀로서 그녀의 가족은 임시 체류허가를 받았기 때문에 언제라도 추방될 수 있었다. 용접공인 림의 아버지는 노동허가를 받지 못해 직업을 가질 수도 없었다. 메르켈은 레바논의 난민캠프에는 수만 명이 살고 있고, 독일은 그들을 모두 감당할 수 없다고 말하면서 "우리가 할 수 있는 대답은 망명 절차가 오래 걸리지 않게 하겠다는 것뿐이고, 일부 난민은 다시 돌아가야만 한다."고 강조했다. 이 말에 림은 울음을 터뜨렸고, 너무 냉담했다는 여론이 나오기 시작했다.

이후 메르켈은 연방정부 통합장관을 통해 림이 독일에 체류할 수 있도록 허가증을 발급했고, 시리아 난민 모두를 수용하겠다는 방침을 밝혔다. 잘못된 판단은 즉시 시정하는 관용의 리더십을 보인 것이다. 유럽이 사상 최대 규모의 난민 유입으로 몸살을 앓고 있지만, 메르켈은 유럽연합 차원에서 공동대응을 촉구하는 등 연일 난민 문제에 목소리를 높이면서, 솔선수범의 자세로 독일 내 난민 수용을 확대하고 있다.

이에 따라 독일에서는 난민들을 위한 배려 조치들이 나왔다. 제2공영 ZDF 방송은 아랍어로 자막 내보내는 서비스를 확대하고 있으며, 독일의 최대 대중지인 빌트는 아랍어판을 내어 놓기도 했다. 일부 주에서는 시리아 난민들이 내전의 기억을 떠올리는 것을 우려하여 연말 폭죽놀이를 금지하기도 했다.

2015년 11월에 발생한 프랑스 파리 연쇄테러 사건 이후로 유럽 내는 난민을 받아서 문제가 되었다는 여론이 나오고 있다. 메르켈 총리의 지지도는 난민 문제로 인하여 지지율이 80%에서 40%나 떨어졌다. 하지만 메르켈은 테러대책을 강화하기 위한 새로운 특수부대를 창설했을 뿐, 난민을 수용하겠다는 원칙은 고수하고 있다. 2015년 12월 31일 메르켈은 신년사를 통해 "난민 유입은 미래에 대한 기회"라며, 인종주의자들의 선동에 따르지 말 것을 촉구했다.

메르켈의 이러한 포용적 리더십은 근본은 실용주의이다. 정치적 입장이 다른 정당의 의견을 받아들이는 것, 그리스에 대한 대응, 난민 정책 등 메르켈은 사태의 추이를 신중하게 지켜본 후 여론을 다독이면서 필요한 것을 받아들이는 노련한 태도인 것이다.

📋 생각해 보기

· 우리에게 "어머니"라는 이미지는 무엇인가?

_____

_____

_____

· 자신과 입장이 다른 사람들의 의견을 받아들이는 포용력의 근본적인 원칙은 무엇인가?

_____

_____

_____

확고한 개혁의지 : 힐러리 클린턴 상원의원

미국 사회, 특히 미국 정계는 여성에 대하여 여전히 보수적이다. 충분히 능력을 갖춘 여성이라도 고위직을 맡지 못하는 경우가 많은데, 이를 미국에서는 "유리 천장(glass ceiling)"이라고 부른다.

힐러리 클린턴이 영(領)부인이
되었을 때, 사람들은 힐러리는
이미 최고의 지위에 오른 것이라
고 생각했고, 더 이상 아무 것도
할 수 없을 것이라고 생각했다.
하지만 그녀는 오바바 정부에서
국무장관을 맡은 바 있으며, 미

힐러리 클린턴

국상원의원이며, 2016년 4월 현재 유력한 대선후보이다.

그녀는 빌 클린턴 대통령 시절 미국 의료보험을 개혁하기 위
한 '의료보험개혁특별위원회'의 위원장을 맡았다. 정치를 하면
서 그녀가 가진 비전은 "열심히 일하고 책임을 지는 사람들은
충분한 기회를 주어여 한다."는 것이다. 이러한 그녀의 생각은
지난 2015년 6월에 한 대중연설에서도 드러난다.

"우리는 경제와 민주주의의 새로운 도전에 직면해 있습니다.
…(중략)… 여러분은 의문점을 가질 것입니다. 언제 나의 노고
가 보상을 받는 거지? 언제 나의 가족이 성공하는 거지? 도대
체 언제? 저는 지금이라고 말합니다. …(중략)… 번영과 민주주
의는 우리의 기본적 합의의 한 부분입니다. 여러분이 우리나라
를 다시 살려냈습니다. 바로 지금 여러분의 재산과 성공이 주
어질 시간입니다. 그리고 여러분은 알고 계십니까? 여러분의
성공 없이는 미국의 성공이란 없는 것을요. …(중략)… 최선을 다
해서, 그게 바로 미국인들이 하는 것입니다. 우리는 해결사입

니다. 불평만하는 사람들이 아닙니다. 우리는 변화를 두려워하지 않습니다. 우리는 변화를 이용합니다."

2003년에 그녀가 집필한 '살아있는 역사'에도 그녀는 미국이 패권을 잡게 된 이유가 열심히 일한 사람들에게 충분한 보상을 했기 때문이라고 했다. 이러한 비전을 가지고 그녀는 미국의료제도 개혁에 핵심적인 역할을 담당했던 것이다.

그녀는 개혁을 위한 용기를 가지고 있다. 원래 그녀는 공화당 지지자로서 대학교에서 '청년공화협회' 회장을 맡았었다. 그러나 1960년대 공화당 의원들의 베트남 전쟁 확대 주장과 인종차별 발언에 실망하고 1968년 반전주의자였던 민주당 대선 예비 주자 유진 매카시 상원의원의 선거운동을 도왔다.

빌 클린턴과 결혼한 후 아칸소 주에 있으면서 교육개혁을 이끌어 내기도 했다. 당시 그녀가 했던 교육개혁으로는 교사평가 의무화, 주 표준 교육과정, 입학 전 홈교육 프로그램 보급 등이 있었다.

빌 클린턴 대통령 시절에 수행했던 의료제도 개혁은 대통령 부인이 법적 근거도 없이 권력을 휘두른다는 공화당의 반대 때문에 실패했지만, 아동과 여성, 인권에 대한 관심을 지속적으로 가지고 있다. 그래서 '아동건강보험 프로그램 법안'을 추진하여 성공하였고, 사법부에 여성폭행방지사무소를 설치하는 데에도 기여를 했다.

2015년 11월에는 대통령 예비 후보로서 획기적인 이민개혁안을 내놓기도 했다. 힐러리는 중범죄자들을 제외한 거의 모든 서류 미비자들에게 신원조회, 벌금과 세금 납부, 영어 교육이수 등의 절차를 거치면 합법비자와 그린카드는 물론 미국시민 권까지 허용하는 완전한 구제조치를 제시하였다.

그녀의 비전적 개혁의지에 대한 예는 다음과 같은 일화에도 드러난다. 빌 클린턴과 힐러리가 한 주유소에 들렀는데, 주유소 사장이 힐러리의 옛 남자친구였다. 돌아오는 길에 빌이 힐러리에게 "만약 저 사람과 결혼했다면 지금은 주유소 사장 부인이 되어 있겠군."이라고 말했다. 그랬더니 힐러리가 "아니, 저사람이 대통령이 되었을 거야."라고 대답했다.

📋 생각해 보기

· 나는 어떠한 비전과 목표를 가지고 있는가?

_____

_____

_____

· 어떠한 비전과 개혁의지가 조직원들에게 동기를 부여할 수 있는가?

_____

_____

_____

끊임없는 도전 의식 : 찬다 코하르 ICIC 은행 CEO

찬다 코하르는 인도 은행 순위 2위(2015년 1월 기준) 업체인 ICIC
은행의 MD이자 CEO이다. ICICI은행은 1955년 인도의 개발
을 지원하기 위해 설립된 인도기업대출투자공사가 금융자회사
와 합병해 1994년 설립된 민간은행으로, 남녀차별이 심하고 기
혼여성의 사회진출이 막힌 인도에서 여성들의 사회진출에 개
방적이다.

찬다 코하르

코하르는 인도에서 여성문맹률이
가장 높고 남녀차별이 심한 라자스
탄 주에서 태어났다. 13살에 아버
지를 여의고 어려운 여건에서 자랐
지만, 1982년 인도 자이힌드대학교
예술학부를 졸업하고, 날랄바자지
대 경영대학원 석사학위를 취득하
는 등 불굴의 의지로 난관을 극복했다.

1984년 코하르는 ICIC에 경영 연수생으로 입사하였다. 그 후
석유화학 · 종이 · 시멘트 산업 등 주요 프로젝트를 관리 · 감시
하면서 유망사업을 발굴했다. 그녀는 입사 10년 만에 ICICI 은
행의 회계팀장, 전력 · 통신 · 교통 등 주력 산업 관리팀장, 주
요고객팀 부장, 소매금융팀장, 부사장으로 고속 승진했다. 또
한 은행의 영구 발전 전략을 세우는 데에도 큰 역할을 했다. 이
러한 다양한 분야에서 탁월한 업무 성과 능력을 인정받아 그녀
는 2009년 4월 ICICI 은행의 CEO가 되었다.

2009년은 세계적인 금융위기 직후로 코하라는 CEO가 된 지 2년 만에 순이익을 2배로 늘렸고, 은행적정 자기자본비율도 높였다. 이로 인하여 미국과 인도에서 ICIC 은행의 주가가 108%나 상승했다.

한 방송과의 인터뷰에서 그녀는 도전적인 역할을 수용하는 것이 자신의 리더십이라고 밝혔다. 코하르는 자신의 리더십 역할을 한 번 드러내면 멈추지 않는 것을 알려져 있다. 그녀는 모든 형태, 규모, 배경, 민족 집단 등에 참여한 지도자이다. 이러한 경력으로 코하르는 다른 사람들이 더 넓은 미래를 바라보도록 이끄는 능력이 있다.

코하르는 자신이 ICIC 은행의 CEO가 될 수 있었던 이유가 여성에게 열려있는 문화를 보유하고 있는 ICICI의 개방성이라고 했다. 또한 그녀는 여성에 우호적인 ICICI의 분위기 조성에 있어서 전 CEO인 쿤다푸르 바만 카마트의 역할이 컸다고 했다. 인도 기업들은 일반적으로 3개월의 출산 휴가도 잘 주지 않는데, 카마트는 직장 업무와 집안일에 치여 기진맥진한 상태였던 코하르에게 반년의 휴가를 쓸 수 있도록 배려해 주었다. 이 일이 코하르는 현재 CEO까지 오를 수 있게 된 계기라고 말했다.

이러한 기업 문화가 그녀가 CEO가 되는데 배경이 되었겠지만, 그녀 자신도 항상 자신의 성장과 배움에 열정을 다한다. 다른 사람들은 자신의 분야에 대하여 다 알고 있는 것으로 믿지만, 코하르는 지속적으로 새로운 정보에 도전하고, 피드백을 제공하며, 받아들일 수 없는 것을 수용하기도 한다. 그녀는 단호한 목소리로 사실들을 짚어냄으로써 다른 사람들을 고무시킨다. 그녀는 진실 속에서 또 다른 진실을 찾아내는 능력이 있으며, 직원들은 입증된 사실을 받아들이게 된다.

또한 코하르는 다양한 이슈들에 고심하면서 결과를 이끌어내고, 아이디어를 내는 등의 일을 좋아한다. 거기에서 도출된 그녀의 행동과 말에 책임을 진다.

코하르는 〈매킨지〉와의 인터뷰에서 다음과 같이 말했다.

"많은 리더들이 격심한 변화 환경에 대하여 대처하기 위하여 도전을 하는 것은 일반적이다. ICIC 은행에서 우리는 끊임없이 다음의 큰 변화가 무엇인지를 예측하기 위하여 연구를 했었다. 시나리오를 계획하는 것은 항상 중요하다. 하지만 오늘날의 변화는 보다 빨리 온다. 우리는 항상 "어떻게 될까?"를 자문했었다. 가령 "이틀 안에 통화량이 5% 변동하면 어떻게 될까?", "이틀 안에 주식시장이 10% 변화하면 어떻게 될까?", "우리 고객들에게는 어떤 영향을 줄까?", "우리는 어떤 단계를 밟아나가야 하나?"와 같은 것들이다. 항상 어떤 순간에도 대응할 준비가되어 있어야 한다."

코하르의 리더십 아래에서 ICIC 은행은 아시안 뱅커에서 수여하는 2001, 2003, 2004, 2005년에 "인도 최우수 은행상", 2002년 "은행 부분 우수상"을 받았다. 개인적으로는 아시안 뱅

커로부터 2004년 "아태지역 은행가상", 〈이코노믹 타임즈〉로
부터 2005년 "비즈니스 여성상", 〈리테일 뱅커 인터내셔널〉로
부터 2006년 "떠오르는 스타상" 등을 수상하였으며, 2005년 이
래로 매해 〈포천〉이 선정하는 "가장 영향력 있는 여성 기업가"
에 이름을 올리고 있다.

📋 생각해 보기

· 개방적인 기업 문화가 기업에 미치는 영향은 무엇인가?

_____

_____

_____

_____

· 나는 도전을 받아들일 준비를 어떻게 하고 있는가?

_____

_____

_____

_____

3
대내외적인 신뢰의 리더십

장기적 신뢰 형성 : 이부진 호텔신라 CEO

이부진은 삼성그룹 최초의 여성 CEO이다. 그녀의 행동은 언론의 눈길을 많이 받는데, 그 이유는 다른 CEO들과는 차별성 있는 대처방안 때문이었다.

이부진

일반적으로 CEO는 이슈나 위기상황이 발생하면 회사 홍보팀이나 법무팀에 맡기고 책임을 회피하는 경향이 많다. 하지만 이부진은 그렇지 않았다. 그 예가 2011년 호텔신라 한복거부 사건이다. 당시 한국을 대표하는 한복 디자이너인 이혜순 선생이 호텔 뷔페를 방문했었는데 드레스 코드를 이유로 제지당한 일이 있었다. 이에 이부진은 직접 당사자를 찾아가 사과함으로써 부정적이었던 여론을 비교적 빠르게 진화했다는 평을 받았다.

2015년에는 제주신라호텔 메르스 해결 방식과 면세점 업계에서 입지를 다진 것도 큰 호평을 받은 바 있다.

2015년 6월 메르스 확진 환자가 제주신라호텔에 투숙한 것으로 드러나자 이부진은 바로 제주도로 가서 호텔 영업을 중단시켰다. 그리고 관련 정보 공개를 지시하고, 투숙객에게 숙박료와 항공권까지 보상했다. 이로 인한 영업 손실만 해도 하루 3억원이 넘었다. 그럼에도 불구하고 9일간 제주에 머물면서 현장을 점검하는 등 삼성의료원의 미숙한 조치와는 큰 차이를 보여주면서 신뢰를 쌓았다.

제주 상황이 진정되자 이부진은 중국에 갔다. 메르스 사태로 중국인 관광객이 급감한 상황에서 중국 최대 여행사 CTS 총재, 국영 여행사 CYTS 부총재, 국가여유국, 외교부 관계자 등을 잇달아 만나면서 "메르스가 진정되고 있으니 중국 여행객의 한국 방문을 늘려 달라."고 했다.

이부진의 이런 노력이 같은 해 7월에 있었던 면세점 유치 경쟁에서 플러스로 작용했을 것이라는 평을 받았다. 호텔신라는 2011년 김포공항 면세점, 창이공항 면세점 진출에 이어 미국의 기내 면세점 업체 디패스(DFASS) 인수 결정을 내리는 등 공격적으로 사업을 확장했었다.

2015년 서울 면세점 유치 경쟁 과정에서 호텔신라는 용산전자상가 활성화와 이를 통한 중소상인들과의 상생을 핵심 키워드로 내세우는 전략으로 최종 낙점을 받는 데 성공했다. 이 면세점 입찰 과정에서의 소소한 에피소드들이 기사화 되어 많은 화제를 모았다. 입찰 참여 기업들 사이에서 '결과에 따라 임원들이 옷을 벗을 수도 있다.'는 말이 나돌자, 그녀는 "저는 옷을 벗을 수도 없다."는 말로 실무진을 안심시켰다. 또 프레젠테이션 당일 아침에는 근처 호텔에서 리허설을 진행 중인 양창훈·한인규 대표 일행을 격려하기 위해 떡을 맞춰 직접 현장을 찾기도 하였다. 이 자리에서 이부진은 "너무 걱정 마세요. 잘되면 다 여러분 덕이고, 떨어지면 제 탓이니까요."라며 두 대표의 긴장을 풀어주기도 했다.

호텔신라는 사회공헌 프로그램도 진행하고 있는데, 대표적인 것이 '맛있는 제주 만들기 프로젝트'이다. 이 프로젝트는 영세 자영업자에게 재기의 발판을 마련해주자는 취지에서 시작된 것으로, 호텔신라의 유명 셰프들이 직접 조리법을 전수하고 주방 설비와 식당 내부 인테리어도 개선해준다. 해당 식당들은 모두 제주도의 명물 식당으로 재탄생하였으며, 이 덕분에 호텔신라는 제주도로부터 자원봉사 친화기업으로 인증 받았다.

이와 같이 대내외적으로 신뢰감을 형성하며 노력하고 있는 이부진의 탁월한 경영은 호텔신라의 지속적인 성장을 가져왔다. 또한 2015년 7월에는 미국 경제 주간지인 〈포브스〉의 '세계 100대 파워 우먼'으로 선정되기도 하였다.

🗒 생각해 보기

· "잘 되면 여러분 탓, 안 되면 내 탓"이라는 리더의 말은 조직원에게 어떠한 마음을 가질 수 있게 하겠는가?

_____

_____

_____

_____

· 지역 주민과의 신뢰감 형성이 기업에 미치는 영향은 무엇이겠는가?

_____

_____

_____

_____

원칙주의에 기반을 둔 신뢰 : 둥밍주 거리전자 회장

둥밍주 거리전자 회장은 평범한 가정주부에서 거리전자의 리더로 대변신에 성공한 중국 '여성 성공신화'의 주역이자 자수성가형 CEO이다. 거리전자는 중국 에어컨 시장에서 부동의 1위를 기록하고 있는 중국의 대표적인 가전회사이다. 전 세계 9개국에 생산기지를 갖고 있으며 7,000여개의 특허를 보유하고 있을만큼 기술력도 좋은 기업이다.

이 거대한 기업을 이끌고 있는 둥밍주는 1975년 난징(南京)에

둥밍주

서 대학을 졸업하고, 정부 연구원으로 사회에 첫 발을 내딛고, 안정적인 생활을 누렸었다. 하지만 1984년 남편이 세상을 떠나면서 2살 된 아들과 자신만 남게 되었다. 그녀는 앞날이 막막했지만 더 강인해지기 위하여 난징 생활을 포기하고 남쪽으로 내려가 새로운 삶을 시작하겠다는 결심은 한다. 그녀는 1990년에 거리전자의 전신인 하이리 공장에 취직하여, 그 동안 한 번도 해 본적 없는 영업사원의 일을 시작했다.

도전정신으로 무장한 그녀는 입사초기부터 놀라운 세일즈 능력을 보여줬다. 처음 맡은 지역에서의 에어컨 판매실적이 당시 회사 전체 매출의 무려 8분의 1에 해당하는 대기록을 달성한 것이다. 이후에도 어떤 지역을 맡든 최고의 성과를 기록했다. 이러한 성과를 인정받아 1994년에 경영부장 자리에 올랐다. 경영부장이 있으면서도 해마다 새로운 기록을 경신하여 입사 11년만인 2001년 사장으로 승진하고, 2012년에는 그룹 회장에 오르게 되었다. 그녀가 회장이 된 2012년의 매출이 1,000억 위안(약 17조 5,000억 원)을 넘었는데, 이는 전년 대비 20%가 증가한 수치였다.

둥민주는 '뚝심있는 원칙주의자'라는 평가를 받고 있다. 그녀가 철저하게 지키고 내세우는 경영 원칙은 바로 '투명성'이다. '철의 여인'이라는 별명이 이를 잘 설명하는데, 특히 영업에 있어서 투명성을 가장 강조한다. '관계'에 의한 영업이 아니라 '품질'을 우선하는 영업을 추구하는 것이다.

흔히 중국 사회에서는 영업 사원이 판매점에 제품을 대는 계약을 성사시키기 위해 밥, 술을 사거나 선물을 주기도 한다. 하지만 거리전자에서는 이를 금지하고 있다. 최고의 품질로만 승부를 보겠다는 자신감의 다른 표현이다.

원칙을 중시하는 둥밍주의 이러한 경영 철학은 가족에게도 해당된다. 거리전기에서 영업사원으로 커리어를 시작한 그녀가 영업총괄부장이 됐을 때, 수요가 공급보다 많아서 판매 대리점들이 제품을 공급받기가 어려웠다. 이때 그녀의 친오빠가 있는 대리점에서 3,000만 위안어치의 꽤 많은 물량을 공급해달라고 했다. 하지만 의사 결정권을 쥐고 있던 둥밍주는 오빠가 일하고 있는 대리점에 직접 전화를 걸어 다시는 제품을 공급하지 않겠다고 통보했다. 영업부장이 혈연을 중시해 공정성의 원칙을 깨면 다른 직원들도 똑같이 관계가 있는 대리점에 특혜를 줄 수 있다고 생각했던 것이다.

둥밍주는 소수의 엘리트가 제도 개혁을 하면 자연스럽게 군중들의 의식도 개혁될 것이라고 믿고 있다. 그래서 그녀는 이렇게 말한다.

"세상을 바꾸고 싶은가. 그러면 먼저 제도를 바꿔라, 제도를 개혁하면 의식도 개혁된다."

그녀는 회장으로 있으면서 여러 가지 제도를 창조하였다. 그 중 대표적인 것이 비수기 판매 인센티브제도이다. 거리전자에서 생산하는 에어컨은 성수기과 비수기의 판매량이 현격히 다르다. 따라서 비수기에는 가격을 하락시키는 것이 당연한데, 동밍주는 박리다매보다는 유명 브랜드 전략을 사용하여 비수기 매출금에 대한 영업사원에 마진율을 높여 지급하고 유통회사가 비수기에 투자한 금액에 비례하여 상응한 이익금을 반환해주는 '담계반리 시스템'을 만들었다.

또 다른 개혁으로는 '높은 보수, 엄한 처벌'이다. 동밍주가 회사 수뇌부에 진입한 이후 가장 역점을 들여온 분야는 직원들의 처우 향상이었다. 현재 거리전자의 보수와 후생복지 수준은 중국 동종업계중의 최고 수준이다. 동밍주는 모든 직원들에게 숙소를 무료로 제공하고 있으며, 20년 이상 근속한 직원은 퇴직하더라도 아파트를 개인소유로 명의로 변경해준다. 하지만 부당한 커미션 또는 리베이트, 뇌물을 단 1전이라도 주고받을 경우에는 즉각 해고는 기본이고 오랜 철창생활을 달게 받으며 거액의 손해배상금을 물어야 한다.

이러한 동밍주의 개혁은 사실상 신뢰를 바탕을 이루어진 것이다. '담계반리 시스템'은 기업과 영업직원, 기업과 소비자 간의 신뢰가 근간을 이루는 것이고, '높은 보수, 엄한 처벌'은 기업과 직원 간의 신뢰를 형성하는 것이기 때문이다.

📋 생각해 보기

· 원칙주의가 직원들에게 주는 영향은 무엇인가?

_____

_____

_____

_____

· 높은 보수와 부당행위에 대한 엄한 처벌은 직원들에게 어떠한 의식을
  심어줄 수 있는가?

_____

_____

_____

_____

4
목표를 향한 동기부여 리더십

버지니아 로메티는 미국에서 '유리천장'을 깬 대표적인 여성 경영인으로 평가받고 있다. 창업 100년이 넘은 IBM의 첫 여성 CEO이며, 여성회원을 두지 않는 것으로 유명한 오거스타 골프클럽의 첫 여성회원이기 때문이다.

로메티가 처음 IBM의 CEO로 취임하기 전부터 IBM에 30년 동안 근무하면서 IBM의 전략을 마련하는데 중요한 역할을 담당해왔었다. 1981년 IBM에 시스템 엔지니어로 입사한 그녀는 글로벌 비즈니스 서비스 부서 관리직 등을 거치면서 회사 발

버지니아 로메티

전에 큰 기여를 해 왔었다. 비즈니스 부문을 운영하고 시장 성

장 전략을 이끌었고, 해외 영업과 마케팅을 담당하면서 글로벌 업무의 거의 대부분을 효과적으로 관리했었다. 이러한 활동 경력이 있었기 때문에 로메티가 IBM의 첫 여성 CEO가 되었을 때 대내외적으로 그녀가 원활하게 인수인계를 받아 업무를 잘 수행할 수 있을 것이라고 믿었다.

로메티의 리더십은 그녀의 홀어머니와 남편의 영향을 받았다.

우선, 그녀의 어머니는 가족을 부양하기 위해 묵묵히 야간학교에서 일을 했던 사람이었다. 이러한 어머니로부터 로메티는 중요한 3가지를 배웠다고 하는데, 첫 번째는 행동이 말보다 중요하다는 것이고, 두 번째는 극복할 수 없는 것은 없다는 것이며, 세 번째는 다른 사람에 의해 규정되지 말고 스스로 자기 자신을 규정하라는 것이다.

어머니를 보면서 배운 것을 실천하기 위하여 로메티는 우선 행동으로 자신을 보여주고 있다. 그 예가 IBM의 성과 보너스를 거절한 것이었다. CEO가 성과 보너스를 거절함으로써 주주들에게 IBM이 더 큰 성공을 위해 회사를 정비하고 있으며, 사원들의 복지를 고려하지 않고 돈만 벌려하는 것이 아니라는 믿음을 심어주었다. 또한 그녀는 위기를 피하려 하지 않고 당당하게 극복하려는 태도를 가지고 있다. 그녀는 위기를 회피하지 않고 극복하는 것이 성공으로 이르는 길이라고 말한다. 무엇이던지 변화하고 개선될 여지가 있다는 것이 그녀의 생각이다.

남편으로부터는 여성이라고 하여 자신감을 잃을 필요가 없다는 것을 배웠다. 로메티가 사회 초년생이었던 시절에 자신감 부족으로 대규모 프로젝트 수행을 꺼려했던 적이 있었다, 그때 남편으로부터 "남자라면 그렇지 않을 것이다."라는 충고를 듣고 다시 마음을 다잡고 용기를 내어 프로젝트에 적극적으로 참여하게 되었다.

IBM은 매우 규모가 큰 회사임에도 불구하고, 직원들을 잘 조정하고 동기부여를 잘 하는 회사로 평가 받고 있다. 사실상 로메티는 인적 자원에 큰 관심을 가지고 있다. 로메티는 '성 다양성'을 포함해서 세계 IBM 법인의 다양한 문화적 배경과 시각, 취향을 가진 구성원들의 잠재력을 최대한 이끌어내기 위하여 체계적인 멘토링 시스템을 운영하여 기업경쟁력 향상에 적극 활용하고 있다. 또한 직원들이 자신의 생각을 토론할 수 있도록 소셜 비즈니스를 활용하고 있다. 소셜 비즈니스란 소셜 네트워크 서비스를 기업의 내부 커뮤니케이션이나 여러 부서 간의 협업이 필요한 업무에 활용하는 것이다.

한 인터뷰에서 어떻게 직원들을 조정하느냐고 물었을 때, 로메티는 장기적이고 전략적인 신념을 제시하여 직원들이 다함께 집중할 수 있도록 동기부여를 한다고 하였다. 현재 IBM은 인지 컴퓨팅 기술이 컴퓨터 기술에서 차세대 기술이며, 이것이 다른 여러 산업 중에서 의료계에 긍정적인 효과를 줄 것이라는 신념을 가지고 일하고 있다.

IBM이 100년 넘게 글로벌 기업으로 지속적인 성장을 할 수 있었던 것은 다양성을 통한 창조적 혁신이 있었기 때문이다. 현재 로메티는 이러한 IBM의 방식을 잘 이어받아 운영하고 있으며, 직원들에게 획기적인 목표를 통한 동기부여와 그녀가 어머니와 남편으로부터 배운 것들을 묵묵히 실천하며, IBM을 성장으로 이끌고 있다.

📋 생각해 보기

· 나는 다른 사람들에게 동기부여를 할 때, 어떠한 방식으로 하고 있는가?

_____

_____

_____

_____

· 위기에 직면했을 때, 이를 회피하려는 것과 극복하려는 것은 어떠한 결과의 차이를 가져오는가?

_____

_____

_____

_____

조용한 중재자 : 크리스틴 라가르드 IMF 총재

크리스틴 라가르드는 재무장관 출신으로 프랑스에서 가장 영향력 있는 인물로 손꼽힌다. 세계은행과 함께 글로벌 금융시장을 좌우하는 IMF 총재 자리에 여성이 앉은 것은 라가르드가 처음이며, 경제학자가 아닌 법조인이 IMF 수장 자리에 오른 것도 전례가 없었다.

크리스틴 라가르드

처음 라가르드가 IMF 총재가 되었을 때, 집행이사 등 모든 요직에 남성이 앉아 있는 IMF에서 여성 총재가 리더십을 발휘할 수 없을 것이라는 회의감이 팽배했었다. 그러나 라가르드는 미국계 글로벌 로펌인 베이커앤매킨지의 첫 여성 회장, 프랑스 재무장관을 역임했을 당시에 갈고 닦은 특유의 협상력과 통솔력으로 세계 경제 문제를 해결해 나가고 있다.

라가르드는 2011년 7월 5일 IMF가 대내외적으로 어려운 시기에 취임했다. 당시 그리스와 아일랜드 등 많은 유로존 국가들이 재정 위기에 처해 있었고, 도미니크 스트로스-칸 전임 IMF 총재는 성추문으로 사임한 직후였다. 라가르드는 이런 시기에 IMF를 이끌며 개인적으로 얻은 교훈에 대해 "사람은 끊임없이 진보할 수 있으며, 자신의 관점 또는 자신이 옳다고 믿는 방향에 소극적이어서는 안 된다는 점을 배웠다"고 답했다.

라가르드는 IMF 내부가 너무 몽타주처럼 똑같다면서, 사람들이 쌍둥이처럼 모두 같을 수 없기 때문에 IMF의 고용과 채용, 교육 정책에 변화가 필요하다고 하였다. 이러한 변화의 즉

각적인 결과가 전(前) 중국인민은행의 부행장이었던 주민(朱民)을 부총재로 임명한 것이었다.

라가르드가 IMF를 이끌어 나갈 수 있는 리더십은 무엇인가? 그녀는 〈워싱턴포스트〉와의 인터뷰에서 리더십이란 "사람들을 격려하고 고무하는 것"이라고 했다. 또한 "구성원들이 성취할 수 있는 것을 성취할 수 있게 하는 것"이고 "목적의 가지고 그것을 할 수 있게 하는 것"이라고 했다.

또한 다른 언론사와의 인터뷰에서 자신의 리더십 스타일을 묻는 질문에 "모든 사람들을 탁자 주변으로 불러 모으는 것, 그렇게 함으로써 우리는 조직을 더욱 강하게 만든다."라고 하였다.

라가르드는 시카고에서 법률가로 있던 시절부터 중재자로서의 기술을 발휘하여 왔다. 그녀는 자신의 공으로 돌리지 않고 해결책을 만들어 왔다. 부드럽지만 지속적인 면모가 있는 스타일 때문에 그녀는 2012년에 유럽의 문제가 세계 경제를 붕괴시키는 것을 막은 이름 없는 영웅이 되었다.

그 당시 라가르드는 성서에 나오는 예언자인 예레미야의 역할을 했다. 즉 유럽의 실수로 인하여 세계 경제를 위험한 상황을 만들 수 있다고 조용하게 경고를 했던 것이다. IMF는 이미 그리스, 아일랜드, 포르투갈에 보모 역할을 하고 있었고 이탈리아에게는 조언을 하고 있었다. IMF는 행동을 취할 준비를 하고 있었다. 다른 국가들로부터 유럽을 지원할 자금을 모으고, 훈육과 개혁의 집행자가 될 수 있었다.

그녀의 스타일에 따라 라가르드는 국가 재정 긴축의 확대, 유러본드를 통한 빚의 분배, 경제성장을 이끌어 낼 방법과 같은 유럽이 분열되는 큰 이슈에 대하여 심하게 다루지 않았다. 그녀는 격렬해지는 토론에서 비난을 받지 않았다. IMF가 유럽을 구제할 자금을 처리할 수 있도록 그녀는 각 정부들이 기여할 것을 예술적으로 설득했다. 유럽 스스로 많은 자금을 내놓았다. 당시 미의회와 오바바 대통령은 이 문제에 대하여 관심을 가지지 않았다. 라가르드는 개인적으로 이러한 도움에 반대하는 주요 의원들을 만나 어느 국가도 아직 드러나지 않은 유럽의 위기에 영향을 받지 않을 수 없다고 하였다.

이러한 라가르드의 노력으로 IMF는 융자금을 회수하면서, 개혁할 수 있는 올바른 상태를 만들어 놓는 실적을 쌓았다. 자신의 진실성과 IMF에 대한 신뢰도로 인하여 라가르드는 2012년 세계에서 가장 큰 문제를 다루었다.

이와 같이 라가르드의 강력한 무기는 각 역할자들을 모으고, 그들이 행동할 수 있도록 살며시 건드려서 그들이 솔선수범하여 신뢰를 얻을 수 있도록 하는 것이다.

🔖 생각해 보기

· 동기를 부여하여 사람들이 행동을 취할 수 있도록 하는 방식과 자신이
  직접 이끄는 방식은 결과적으로 어떤 차이가 있겠는가?

_____

_____

·토론의 장을 만들어 논의하게 하고 스스로 움직일 수 있도록 하는 방
식은 어떠한 장점이 있는가?

5
다함께 참여하는 민주적 리더십

수평적 소통 : 맥 휘트먼 HP CEO

맥 휘트먼은 전(前) eBay CEO였고, 현재는 HP CEO이다. 맥 휘트먼이 eBay에 있던 시절, 무수한 닷컴 기업들이 도산하고 있었

맥 휘트먼

지만 그녀는 안정화를 추구하면서, 오늘날의 eBay를 만들어 내었다. 초기의 e베이는 커뮤니티 수준의 사업으로 시작했다. 하지만 지금은 한국, 독일, 오스트리아, 인도, 호주 등 유럽과 아시아 전역에 진출해 있다. 유력 경제주간지인 〈포천〉은 2004년에 세계에서 가장 영향력 있는 여성 CEO로 맥 휘트먼을 선정하기도 했다. 2011년에는 시장에서 고전하고 있던 HP의 새 CEO의 자리에 오르게 되었다.

많은 사람들이 그녀의 리더십을 민주적 리더십으로 평가하고 있다. eBay의 창업자인 오미디어는 1998년 휘트먼과 면접을 치르고 난 뒤, "강한 결단력의 소유자지만 타인을 지배하고자 하는 성향이 없는 경영자"라고 그녀를 평가했다. 〈유에스뉴스 앤 월드 리포트〉의 윌리엄 메이어 기자는 "휘트먼은 결코 튀지 않는 리더다. 결코 보스처럼 굴지 않지만, 임직원들을 훌륭하게 이끈다. 그녀는 다스리지 않는 경영자며, 경영하지 않는 경영자다."라고 평가하기도 했다. 이와 같은 평가처럼 휘트먼은 수직적인 구조보다는 수평적인 소통을 중시한다. 그녀는 회사 구성원들의 의견을 회의 때마다 경청하고, 그들의 제언을 정책에 반영한다.

휘트먼의 경영 전략에 큰 도움을 주는 것은 '온라인 커뮤니티'이다. 온라인 장터에서 활동하는 수많은 판매자와 구매자들, 그리고 eBay의 9,300여 명의 직원들의 내놓는 새로운 정보들을 통해 사고의 폭을 넓혀 갔다. 그녀는 eBay CEO로 있을 때 회원으로 활동하면서 직접 물품을 구매한 적도 많았다.

그녀가 수직적이고 강압적인 리더십이 아닌 수평적이고 민주적인 리더십을 발휘하게 된 데에는 월트 디즈니 부사장 시절의 고(故) 프랭크 웰스 디즈니 전 회장의 조언이 있었다. 그는 "시장을 이기려고 해서는 안 된다."며 경영자가 지녀야 할 겸손을 가르쳐주었다.

이러한 조언과 더불어 휘트먼에게 소통의 중요성을 일깨워준 계기는 eBay 시절 중고 자동차 매매분야 진출을 둘러싼 회사 내부의 논란이었다. 일부 회원들이 장난감 자동차 카테고리에 중고 자동차 판매 공고를 올려놓으면서 이를 인정해야 하는지 금지시켜야 하는지에 대한 회사 내부에 논쟁이 있었다. 당시 eBay에서는 반대 의견이 훨씬 더 많았다. 이유는 거래 안전을 확보하기가 어렵다는 것이었다. 하지만 오랫동안 eBay 회원으로 활동하며 고객들과 소통해 온 휘트먼은 중고 자동차 판매해도 문제가 없을 거라고 생각했다. eBay는 결국 중고 자동차 판매업에 진출했고, eBay 매출에 큰 도움이 되는 품목이 되었다.

휘트먼의 다양한 이직 경험 또한 획일화된 사고를 가지지 않게 된 데에 큰 역할을 했다. 그녀는 하버드 경영대학원을 졸업한 이후, 20년간 7번 직장을 옮겼다. 가는 곳마다 성과를 나타냈기 때문에 늘 헤드헌터들의 표적이 되었다. 이전의 분야에서 쌓은 지식이 필요 없는 새로운 분야로 여러 번 이직을 한 경험이 있다. 그럴 경우 자신의 주장보다 전문가의 의견을 들으면서 다른 사람들과 소통을 통하여 일을 했었던 것이다.

또한 휘트먼은 고객의 의견을 중시한다. eBay는 매달 고객 20명을 본사에 초대하는 행사를 열었는데, 휘트먼은 이 행사에 거의 빠짐없이 참석하여 고객의 의견을 경청했다. 행사에 참석한 휘트먼이 가장 많이 던진 질문은 '이 점은 어떻게 생각하십니까?"였다고 한다. 그녀는 고객이 원하는 것이라면 사업계획도 과감히 바꾸었으며, 다른 회사를 인수하기도 했다. 그 대표적인 예가 paypal의 인수이다. 고객들이 결재할 때 paypal을 선호한다는 통계를 접한 휘트먼은 반대하는 사람들을 설득하여

paypal을 인수하였다. 당시 paypal의 매출 가운데 60%가 eBay에서 나왔었다.

2014년에 휘트먼은 HP 이사회 의장으로도 임명되었다. 이는 2011년에 CEO로 임명되어 기울어가던 HP를 이끌어오던 그녀의 리더십을 이사진들도 신뢰하고 있었다는 것을 보여준 것이다.

📋 생각해 보기

· 독단적인 판단을 하는 리더십과 여러 의견을 경청하는 리더십이 각각 기업에 주는 영향은 무엇이겠는가?

_____

_____

_____

_____

· 다양한 분야를 경험한 리더가 가진 장점들은 무엇인가?

_____

_____

_____

_____

설득과 겸손의 리더십 : 우르술라 번스 제록스 CEO

흑인 여성인 우르술라 번스가 2009년 7월에 복사기 업체의 대

제 3 부

감성리더십은 어떻게 발휘되어 왔는가?

우르술라 번스 제록스

명사이자 100년 기업인 제록스의 CEO가 되었다. 뉴욕 이스트사이드에서 가난한 어린 시절을 보냈고, 기계공학 엔지니어 여름 인턴으로 제록스에 입사했다. 이후 엔지니어링 분야, 오피스 칼라. 팩스, 오프스 네트워크 복사, 부서 사업 부문 등 여러 사업팀을 맡았었다. 이후에는 기업 전략 서비스 부문의 수석 부사장, 제록스 기업 고객 담당 부문 대표를 맡기도 했다.

번스는 뉴욕 이스트사이드에서 가난한 삶을 살았다. 자식들을 홀로 양육해야 했던 번스의 어머니는 1년에 겨우 4,000달러 정도를 벌어 생계를 유지했다. 그러나 단 한 번도 자녀들의 학비만큼은 밀려본 적이 없었다. 자녀들의 교육에는 열정적이었던 어머니 밑에서 번스는 성공에 대한 꿈을 포기하지 않았다. 번스의 어머니는 매일같이 "지금 네가 있는 위치가 너를 정의할 수 없다."고 말해줬다고 한다. 번스는 그녀의 어머니가 주변 환경으로 인해 딸이 자신을 울타리 안에 가두길 원치 않았다고 말했다.

이와 같은 어머니 밑에서 자란 번스는 제록스에서 CEO가 되기 전에도 평소 자신의 의견을 솔직하고 당당하게 이야기해 임원들로부터 여러 차례 주목 받았다.

번스는 빈민가에서 독학하던 때를 경험삼아, 이공계 후학 양성에 힘쓰고 있다. 그녀는 성공하기를 원하는 후배들에게 5가지 마음가짐을 제시하였다.

첫째 좋은 배우자를 만나고, 둘째 일과 삶의 균형을 찾으며, 셋째 가끔 일과 가정보다 자신을 먼저 생각하고, 넷째 완벽한 사람이 되려고 하지 말며, 다섯째 인생을 너무 진지하게 생각하지 말라는 것이다.

한 언론사는 번스의 리더십에 관하여 다음과 같이 평가하였다.

"요즘에는 '나르시시즘'이라고 하는 전염병이 도처에 있다. 어느 누구도 극도의 나르시시즘을 가진 친구를 가지기를 원하지 않고, 이러한 성향을 가진 사람이 리더가 되기를 원하지 않는다. 작은 국가의 독재자처럼 기업을 운영하던 시대는 지났다. 이제는 자신을 잘 알고 겸손한 리더가 요구되는 시대이다. 그러한 예가 바로 번스이다."

언론에서 번스에 대하여 꾸준히 나오는 말은 그녀가 자신을 잘 알고 있고, 진정성이 있다는 것이다. 그녀의 개성은 직원이나 사업 공동체와 잘 어울린다는 것이다. 제록스의 직원들은 "열려 있고, 자신을 낮추기 때문에 그녀를 존경하고 있다."고 말한다. 또한 사내외 경영진들은 그녀에 대하여 솔직하고, 유머가 있으며, 위험을 감수할 용기가 있을 뿐만 아니라 산업에 대한 깊은 이해와 기술적인 솜씨도 갖추고 있다고 평한다.

하지만 그녀는 CEO가 된 이후 회사의 중요한 일에 있어서는 거리낌 없이 말하며, 그녀 자신을 드러내는 것을 꺼려하지 않게 되었다. 왜 번스의 태도가 바뀌었을까? 미국 언론들은 번스가 자기중심적이거나 자기 잇속만 차리는 사람이 아니라 리더로서 자신감과 겸손의 조화를 이루는 것이 필요하기 때문이라고 말한다.

번스는 평소 사람들의 힘을 믿는다. 직원들이 공동의 목표와 목적이 제시되면 그것을 위하여 무엇이든지 해 낼 수 있다는 것이다. 이에 따라 번스는 비전을 제시하고 직원들과의 성공적인 소통을 위하여 노력하고 있다.

현재 번스는 제록스가 기존의 '복사기 회사'라는 이미지를 벗고 기업의 비즈니스 프로세스와 문서 환경을 개선해주는 서비스 기업으로 전환하는데 노력을 다하고 있다. 복합기를 판매하는 비즈니스로는 20~30년간은 버티겠지만, 번스의 목표는 제록스가 100년 뒤에도 존재하게 하는 것이기 때문에 이러한 개혁을 실행하며 직원들과 솔직하고 직선적인 대화를 통해 이루어 나가고 있다.

📋 생각해 보기

· 나는 내 자신에 대하여 나르시시즘을 가지고 있지는 않은가?

_____

_____

_____

· 자신의 의견을 내는 것과 겸손함이 어떻게 조화를 이룰 수 있겠는가?

6

온화함 속에 추진력을 갖춘
어머니 리더십

섬세함과 엄격함 : 쑨야팡 화웨이 그룹 이사장

쑨야팡은 2014년과 2015년에 중국 재계에서 가장 영향력 있는
여성 리더로 선정됐다. 1955년생인 쑨 회장은 쑨야팡은 1982년

쑨야팡

쓰촨성 청두에 위치한 전자과학기
술대학교를 졸업하고 중국전파전송
연구원 등에서 경력을 쌓은 뒤 1989
년 화웨이의 사업 파트너로서 인연
을 맺게 되고 1992년 회사에 정식으
로 입사했다. 이후 마케팅 엔지니
어, 교육센터 이사, 구매팀장 등을
거쳐 화웨이와 인연을 맺은 지 10년만인 1999년에 화웨이의 이
사장이 되어 지금까지 굳건한 입지를 유지하고 있다.

본래 화웨이에는 '이사장'이라는 직책이 없었다. 증시상장과 언론 노출을 꺼리는 화웨이의 폐쇄적인 군대식 기업문화에 대한 외부 비판이 쏟아지자 런정페이 회장이 이사장이라는 직책을 고안해 낸 것이다. 런정페이는 쑨야팡을 그룹 이사장으로 임명해 대외교류와 활동을 일임하고, 자신은 그룹 내부경영을 맡았다. 그룹 최고 결정권자가 둘인 독특한 경영구조가 만들어졌으며, '좌페이·우팡' 콤비로 불리고 있다.

쑨야팡은 인력 자원 시스템을 구축하고 마케팅 분야에서 세운 공적, 거시적 안목과 세심한 경영 스타일로 초고속 승진을 이루어 내었다. 또한 화웨이가 자금난으로 어려움을 겪을 때마다 쑨야팡은 국가기관 재직 당시 축적했던 인맥을 동원해 자금을 융통하며 런정페이 화웨이 창업자에게 힘을 실어준 것으로 알려졌다. 이를 계기로 쑨야팡은 런정페이로부터 두터운 신임을 얻기 시작했다. 이후 끈끈한 동료애를 과시했고, 회사 내에서 런정페이를 가장 잘 이해하는 인물로 평가되기도 했다.

〈포브스〉 중문판은 쑨야팡을 거시적 안목과 다문화적 소통능력이 뛰어난 꼼꼼한 경영 스타일의 리더로 평가했다. 포브스가 평가한 미래를 꿰뚫어보는 통찰력, 소통능력, 꼼꼼한 경영스타일을 갖추고 쑨야팡은 화웨이의 대외 사업 및 교류 활동에 집중하고 있다.

쑨야팡은 대외 활동을 전담하면서 탁월한 다문화적 소통 능력을 바탕으로 화웨이를 오늘날 글로벌 통신장비 업체로 키워 냈다. 일례로 그룹 대표로 호주 최초의 여성총리인 줄리아 길

라드 전 총리를 접견했으며, 영국 런던에서 열린 글로벌 투자 포럼에서 강연을 한 바 있다.

한편 화웨이 임직원들은 쑨야팡 이사장에 대하여 겉모습은 온화하지만 호랑이 같은 리더로 평가하고 있다. 쑨야팡이 여성이기 때문에 조그만 사항들을 놓치는 법이 없고 어쩔 때는 군인 출신으로 유명한 런정페이보다 훨씬 엄격하다고 한다. 쑨야팡은 전문가들 사이에 강력한 추진력을 가진 인물로 정평이 나 있다. 실제로 그는 이사장 자리에 오르기까지 기업 경영을 위해 자기 생각을 거침없이 얘기하고 밀고 나가는 모습을 보였다.

쑨야팡은 한 주총 회의에서 런정페이와 주요 이사진들에게 "틀렸습니다.", "저는 동의할 수 없습니다.", "회장님이 잘못 알고 계십니다.", "아마도 라는 것은 없습니다."라는 소신 있는 발언을 해 화제를 모으기도 했다.

쑨야팡은 여성특유의 섬세함과 추진력 있는 리더십으로 2011년 경영이사회에서 이사장 재취임에 성공했다. 쑨야팡이 유력한 후계자인 런정페이 회장의 외아들 런핑을 제치고 화웨이 이사장이 되면서 사임압력을 받고 있다는 소문이 떠돌기도 했지만, 2014년 런정페이가 "세습 경영은 절대 없다"고 밝힘에 따라 쑨야팡은 화웨이 차기 후계자로 지목됐다. 회사 창립 멤버가 아닌 쑨야팡이 이사장에 이어 후계자 후보로까지 거론되자 업계에선 "화웨이 내에서 그 누구도 쑨야팡이 보여준 강한 추진력을 따라올 수 없기 때문이라고 말했다. 또한 "꼼꼼한 경영 스타일과 소통 능력 등으로 대외사업과 업계 교류 활동에 집중하는 그의 업무 스타일이 화웨이의 향후 발전 계획과 들어맞는다.”
고 평가했다.

📋 생각해 보기

· 섬세함과 추진력이 결합되면 어떠한 시너지를 낼 수 있겠는가?

_____

_____

_____

_____

· 진정성을 내포한 거침없는 발언은 듣는 사람에게 어떠한 느낌을 주겠
는가?

_____

_____

_____

_____

내실 경영을 통한 위기극복 : 현정은 현대그룹 회장
현정은은 1955년에 고 현영원 현대상선 회장의 차녀로 태어났
다. 경기여자고등학교와 이화여자대학교 사회학과 학사와 석사
과정을 졸업한 후 미국 페어레이디킨슨대학교 대학원에서 인성
개발학 석사학위도 수료했다.

고 현영원 회장과 고 정주영 현대 그룹 명예회장은 사업적으로 친분이 있었는데, 정주영 명예회장이 현정은을 본 후 다섯째 아들인 정몽헌의 며느리로 생각했다고 한다. 정몽헌과 현정은은 1976년에 결혼을 했고, 이후 현정은은 전업주부로 살면

현정은

서, 걸스카웃 연맹 국제분과위원 및 중앙본부 이사, 여학사협회 재정부과위원, 대학적십자사 여성봉사 특별자문위원 등을 맡았다. 하지만 정몽헌 전 현대그룹 회장이 2003년에 사망하자, 남편의 자리의 뒤를 이어 현대그룹의 새 회장으로 취임했다.

처음 현정은 현대그룹 회장이 되었을 때, 사람들은 '30년 동안 살림만 하던 여성이 대기업 총수의 역할을 잘 해낼 리 없다.'라고 생각했었다. 하지만 그녀는 그룹 내부적으로 개선해야 할 점을 꼼꼼히 파악해 이를 완벽히 해결하며 내실 경영을 꾸려오면서 전 세계적으로 인정을 받고 있다.

현정은이 회장이 된 후, 현대그룹은 여러 차례 위기에 봉착한 적이 있었다. 우선 2010년에 정몽구 현대자동차그룹 회장과 현대건설 인수 문제를 놓고 위기에 봉착했다. 결국 현대건설 인수에 실패하여 현대그룹의 규모가 작아졌지만, 실용성을 강조하는 긍정적 마인드로 이를 극복할 수 있었다. 또한 2013년에는 잠재적 유동성 위기 논란이 일어났는데, 이를 잠식시키기 위하여 현대증권을 포기하고 자산을 정리하고, 자구계획을

펼친 결과 구조조정 대상 기업으로 분류된 중견 대기업 중 가장 먼저 위기에서 나올 수 있었다.

이렇게 빨리 위기를 극복할 수 있었던 것은 현정은의 '어머니 리더십' 덕분이라는 평가를 받는다. 그녀는 평소 임직원들을 잘 챙기고 소통을 많이 한다. 그녀는 이메일을 통해 임직원들과 자주 소통하고, 여름철이면 임직원들의 집으로 삼계탕을 보내거나, 목도리 등을 선물하거나 현장을 직접 방문하는 등 어려운 상황을 함께 이겨내자는 메시지를 자주 전달하여 현대그룹의 구조조정을 빠르게 마무리할 수 있었다. 이러한 방식은 시어머니로부터 배운 것이라고 한다. 생전에 변중석 여사는 매년 메주를 직접 쑤어 임직원들에게 전달하였으며, 직원들이 늘어나자 직접 메주공장을 운영했다고 한다. 이렇게 임직원들을 다독이며 위기를 뚝심으로 극복한 것은 자식을 위해서라면 열정을 불사르는 어머니와 같은 심정을 가지고 있기 때문이라는 것이 대부분의 평가이다. 2000년대 말 글로벌 금융위기와 금강산 관광 중단과 같은 위기에 빠졌을 때, "누군가 '자신 있습니까?'라고 물으면 '자신 있습니다.'라고 즉시 대답할 수 있는 현대맨이 되어 달라."는 메시지를 전달하였는데, 이러한 자신감 캠페인은 현대그룹의 핵심 키워드가 되었다. 이러한 모습은 어머니가 자신의 자식들에게 자신감을 키워 주는 모습과 흡사하다.

현정은은 2015년 초 경영 화두로 '혁신 강화'와 '정신 무장'을 제시했었다. 2015년 신년사에서 "생존을 위한 혁신은 현재 진행형이며 항상 마음을 일신해야 한다."라고 말했는데, 이를 위하여 대외활동을 줄이고, 내실 위주 경영 활동에 몰입했다.

　현재 현정은은 정주영과 정몽헌의 숙원 사업이자 스스로 남북통일과 민족 경제를 도약시킬 수 있다고 생각하고 있는 대북 사업을 어떻게 이어나갈 것인지에 대하여 관심을 받고 있다. 2009년 현정은은 평양을 방문하여 '남북 경협사업 5개항'에 합의를 이끌어 낸 바 있다. 그럼에도 불구하고 금강산 관광은 아직 재개되지 못하고 있다. 2015년에 남북관계가 오랜만에 해빙 무드로 접어들어 긍정적인 분위기를 가지게 되어, 금강산 관광 재개가 합의될 경우, 2개월 이내에 사업을 시작할 수 있도록 준비태세를 갖춰놓고 있었다. 또한 2016년 신년사에서 현정은은 대북 사업에 대한 의지를 강조하기도 했었다. 하지만 다시 2016년 초 북한 핵실험 문제로 대북 사업은 다시 어려워진 상황이다.
　여러 번의 위기 속에서 이를 극복한 현정은의 리더십은 세계 경제 전문지들도 인정하고 있으며, 국내 취업준비생들을 대상으로 '여성'이라는 키워드로 조사한 결과에서 1위를 차지하였다.

📋 생각해 보기

· 위기에 닥친 기업에 어머니 리더십이 성과를 얻을 수 있는 이유는 무엇인가?

_____

_____

_____

_____

인공지능 시대

인간의 감성을
리딩하라

4

감성리더십을
한국의 환경에서
어떻게 적용할까?

한국에서 감성리더십의 필요성
감성리더십 도입 후 한국기업문화의 변화

1
한국에서 감성리더십의 필요성

신뢰경영의 등장

1960년대 경제개발 5개년 계획이 시작되고, 1970~80년대 산업화가 고도의 성장을 이루던 시기에는 '감성적'이라는 단어보다는 '합리적', '이성적' 행동규범이 상대적으로 높게 평가되었다. 기업에서도 불도저식 경영과 체계적인 조직체계로 시장 변화에 매우 공격적으로 대응하여 성공한 사례가 많았다. 감성이라는 부분보다는 당장 성과가 분명하게 나타나는 이성적인 합리적인 사고체계가 지배하던 시기로, 감성이란 부분이 기업 경영에 미미하게 적용되던 시기였다.

이후 삶의 질이 선진국 수준으로 높아지고 개성과 문화의 다양성이 크게 확산되면서, 이제까지의 불도저식 기업경영 방식이 사라져 버렸다. 특히 IMF를 거치면서 한 순간에 도산을 경험하자 이러한 의식 변화가 더욱 강해지게 되었다. 이전까지의 원칙과 기준에 얽매이는 사고보다는 변화에 탄력적으로 대응할 수 있는 유연한 사고가 변화의 시대에 생존을 담보하는 더 나은 대안이라는 것을 깨닫게 되었다.

IMF를 경험한 후, 격렬한 생존경쟁에서 살아남기 위해서, 기업들은 서구적 경영방식인 연봉제나 벤치마킹, 전사적 품질경영 등과 같은 경영방식을 적극적으로 도입하였다. 주로 서구적인 경영방식을 적용해 왔고 성과급제와 연봉제, 기술적인 능력을 강조하게 되었다. 하지만 이러한 경영방식은 직원들 간에 과잉경쟁을 유발시켰고, 조직 내 끈끈한 유대감이나 신뢰보다는 동료를 누르고 경쟁에서 이기려는 풍토를 조성시켰다.

또한 IMF 이후로 청년실업과 조기 명예퇴직, 잦은 구조조정 등 고용환경의 변화가 나타나기 시작했다. 도산하는 기업이 늘고 고용여건이 불안해지자 점차 경영자와 직원 간의 신뢰가 중요한 항목이 되었다. 그러자 경영자들이 신뢰를 우선으로 하는 경영방식인 신뢰경영이라는 구호를 외치기 시작했고, 신뢰경영에 대한 연구들이 나오기 시작하였다.

'기업의 경쟁력은 과연 어디서나 나오는가?'에 대하여 연구하면서 경영진과 구성원 간, 구성원과 구성원 간, 고객과 기업 간 신뢰 수준이 높을 때 기업 경쟁력이 견고히 유지될 수 있다는 결과들이 나오기 시작하였다.

각종 인터뷰나 자료 조사를 통해 경영진과 구성원 간의 상호 신뢰 수준이 높은 기업들이 그렇지 않은 기업들에 비해 구성원들이 훨씬 일에 대한 열정이나 조직에 대한 몰입도가 높음을 확

인하였다. 그뿐만 아니라, 경영진과 구성원 간 신뢰 수준이 높을 때 새롭게 도입되는 경영혁신 기법이나 인사 제도 등도 큰 효과를 발휘할 수 있었다. 반면에 신뢰가 부족한 상태에서 Top down 방식으로 도입되는 각종 제도들의 경우에는 구성원들이 이를 적극 수용하거나 성공적으로 운영하는 것은 어렵다는 결과를 도출하였다.

2002년 LG경제연구원의 보고서에서는 기업이 성공적인 신뢰경영을 하기 위한 다음과 같은 4가지 조건을 제시하기도 하였다.

첫째, 인재중시 철학의 확립과 이를 인사제도나 조직운영을 통해서 철저히 구현해야 한다.

우리나라 기업들의 경우에는 인재 중시 철학의 확립 정도가 낮다. 2000년대 초 LG경제연구원이 여러 기업을 대상으로 설문 조사한 결과에 따르면, 경쟁력의 원천을 사람에 두는 인재 중시 철학이 확립되어 있다는 의견이 평균적으로 30~35% 정도에 불과했다. 또한 인재 중시 철학은 경영층에 대한 신뢰에도 매우 큰 영향을 주는 것으로 나타났다.

따라서 기업을 운영하는 경영진은 구성원 한 사람 한 사람을 자산/파트너로 인식하고 소중하게 여겨야 한다는 주장이 제기되었다. 기업의 성과는 구성원들이 가지고 있는 열정과 능력, 에너지로부터 나오기 때문에 신뢰경영을 통해 기업을 운영하고자 하는 경영진은 구성원 한 사람 한 사람을 소중히 여기는 인재 중시 철학을 명확히 확립하고, 이를 인사 제도나 조직 운영을 통해서 철저히 구현해야 한다는 것이다.

또한 구성원들은 자신을 인정해 주고 알아주는 리더에게 최선을 다하기 때문에, 경영진이나 관리자들은 인재를 중시한다는 것을 말로만 표방할 것이 아니라, 다양한 방법으로 구체적이고도 일관성 있게 행동으로 표현해야 할 필요가 생겼다.

둘째, 부문 간, 계층 간 권한과 책임이 명확한 조직 체제를 구축해야 한다.

만약 구성원들의 능력이 뛰어나고 구성원 간 상호 신뢰 수준이 매우 높다고 하더라도 조직 구조 및 관리 시스템이 제대로 정비되어 있지 않아 구성원들 간에 수행해야 할 역할이 불명확하거나 애매하다면, 경영진과 구성원 간, 구성원 상호 간에 신뢰 관계가 장기적으로 지속되기 어렵다. 따라서 조직 차원에서는 영업, 생산, R&D 등 부문별과 경영층, 팀장, 팀원 등 계층별 권한과 책임을 명확히 설정하여 구성원들이 책임과 소신을 갖고 담당 업무를 수행할 수 있도록 조직 구조나 업무를 명확히 정비할 필요성이 대두되었다.

셋째, 커뮤니케이션을 활성화하여 내부 구성원들의 생각과 아이디어를 적극적으로 수렴하고 이를 경영활동에 지속적으로 반영해야 한다.

경영진과 구성원간 신뢰 수준이 낮으면 조직 내에서 가장 큰 문제점으로 나타나는 것이 커뮤니케이션의 단절 현상이었다. 예를 들어, 경영자와 구성원간 커뮤니케이션의 양은 많지만 질이 떨어져 실제 서로의 입장만을 고수한 채 이야기가 겉돌거나 서로간의 입장 차이만을 확인하고 마는 경우가 많았다. 또한 구성원들 사이에 조직의 팀장이나 경영진에게는 문제 제기를 해 봐야 공연히 면박만 받거나 찍힐 수 있다는 의식이 생겨 커뮤니케이션 시 매우 수동적인 모습을 보여 왔다.

 LG경제연구원이 2000년대 초 여러 기업을 대상으로 설문 조사한 결과에 따르면 우리나라 기업의 상당수가 경영진과 구성원간 커뮤니케이션 수준이 높지 않은 것으로 나타났다. 개방적 커뮤니케이션 문화가 정착되어 있다는 의견이 20% 정도에 불과하고, 정착되어 있지 않다는 의견이 40%로 더 높게 나타났다. 또한 중요한 문제를 제기하지 않고 덮어 둔다는 의견도 약 40%로 나타난 반면, 덮어 두지 않는다는 의견이 20%에 불과했다.

 경영진과 구성원간 커뮤니케이션의 단절 현상이 심하게 나타나는 기업의 경우에는 기업이 어떤 변화나 좋은 제도를 도입하려고 해도 강한 저항에 부딪히거나 실패로 끝나는 경우가 많다. 즉, 경영진에 의해 변화가 추진되면 경영진과 구성원간 불완전한 커뮤니케이션으로 인해 변화 추진 의도가 상호 간에 정확하게 전달/공유되지 못한다. 이렇게 되면 구성원 사이에 나쁜 루머나 소문이 돌고 구성원들의 불안감은 높아지며, 담당 업무에 몰입하기가 어려워진다. 이는 경영진에 대한 신뢰 수준을 저하시키는 요소로 작용하고 다시 경영진이 좋은 의도로 변화를 추진하여도 색안경을 끼고 바라보는 현상이 심화되는 악순환에 빠지게 된다.

넷째, 경영진과 구성원들은 상대방이나 환경만을 탓할 것이 아니라 각자 스스로 역할 수행에 필요한 능력과 성품 개발을 통해 신뢰 받을 만한 사람들이 되도록 지속적으로 노력해야 한다.

경영진과 구성원간 신뢰 수준이 저하되는 주된 이유는 2가지 유형으로 크게 구분해 볼 수 있다. 첫째 유형은 경영진의 언행 불일치, 능력 부족 등 경영진의 리더십 발휘가 미흡한 경우이다. 둘째 유형은 구성원들이 경영 환경 변화나 시대 흐름을 제대로 읽지 못하고 기존의 성공 체험이나 관행에 안주하여 능력 개발 등 적극적인 변화 노력을 모색하지 않은 경우이다.

일반적으로 기업의 일선 현장에서 나타나는 유형을 보았을 때는 경영진의 리더십 발휘 미흡이 더 큰 문제였고, 구성원들의 능력개발 부족은 부수적인 문제라고 할 수 있다. 따라서 신뢰경영의 기반을 견고히 마련하기 위해서는 경영진이 먼저 솔선수범을 통해 문제 해결의 단서를 제공해야 한다는 주장이 나왔다. 즉, 경영진이 스스로 사업 수행 역량이나 리더십 스타일, 언행일치 정도 등을 반추해 보고 부족한 부분에 대해서는 끊임없이 자기 개발에 매진해야 한다는 것이다. 또한 이와 더불어 과거 약속 불이행 사항 등이 있었다면 신속하게 가시적인 조치를 취해야 한다고 하였다.

또한 구성원들도 경영진과 구성원간 신뢰가 부족한 원인을 '외부 환경 탓, 경영진 탓'만 할 것이 아니라 각자 주어진 위치에서 스스로의 역할 수행 정도 등을 냉철히 되돌아보고 스스로에게 변화가 필요한 부분은 없는지 검토해 보아야 한다고 하였다.

이상과 같은 신뢰경영의 조건들이 감성경영이 대두되는 계기를 마련하였다.

신뢰경영의 등장

· 삶의 질 향상과 개성과 문화의 다양성 확장
  이전의 불도저식 기업경영 방식 쇠퇴
· 1990년대 중반 IMF 경험
  직원, 동료 간 과잉경쟁 유발 및 고용여건 불안
· 경영자와 직원 간의 신뢰의 중요성 대두
  기업의 경쟁력은 회사 내부의 신뢰도에 따라 좌우된다는 주장 등장

📋 생각해 보기

· 조직 내 과잉 경쟁이 조직에 미치는 영향은 무엇인가?

· 경영자와 직원 간의 신뢰도를 높이기 위하여 경영자와 직원은 각자 어떠한 노력을 해야 하는가?

감성경영의 대두

신뢰경영이라는 말이 등장하면서 점차 신뢰경영은 감성경영이라는 말로 확대되었다. 신뢰는 감성의 범주 안에 있고, 신뢰를 이야기하면서 점차 직원관리, 복리후생 등이 필요로 하게 되었기 때문이다.

초기에는 감성을 마케팅 요소로 사용하면서 점차 경영방식으로 도입이 되었다. 이 감성경영이 이기적인 직장분위기를 바꾸고, 직원들이 일하고 싶은 기업으로 나아가는데 중심적인 역할을 하게 되었다.

감성경영이란 고객이나 직원의 감성에 그들이 좋아하는 자극이나 정보를 전달함으로서 기업 및 제품에 대한 호의적인 반응을 일으키는 경영방식을 말한다.

한국에서 감성경영이 대두된 이유는 다음과 같은 네 가지로 설명할 수 있다.

첫째, 감성은 인간의 행동을 유발시키는 강력한 요인이다. '인간은 이성 20%, 감성 80%로 살아간다.'라는 말처럼 인간은 호모 사피엔스(이성적 인간)로서의 이성뿐만 아니라 호모 루덴스(유희적 인간)로서 감성을 가지고 있다. 인간에게 감성은 행동을 유발시키는 강력한 단서로서 작용해 왔다.

둘째, 현대사회가 점차 감성을 중시하는 사회로 변화하고 있다. 인터넷 등 IT혁명을 거치면서 산업혁명시대에 형성된 객관성, 논리성 중심의 합리주위 가치관이 서서히 변화하고 있다. 대중매체와 인터넷, 정보통신의 발달은 산업혁명시대에서 경험하지 못한 풍부하고 다양한 정보들의 유통과 가공, 그리고 저장을 가능케 함으로써 현대사회를 지식의 홍수시대로 이끌고 있다. 이에 사람들은 '대량생산과 대량소비'로 표현되는 산업혁명시대의 획일화된 가치관에서 벗어나 창조적이고 개성중심의 가치관을 습득하게 되었다. 또한 멀티미디어의 발달로 사람들은 문자정보보다는 인간의 오감을 자극하여 유희와 정서를 충족시켜줄 수 있는 미(美)적 감각과 같은 창조적인 정보들에 대해 보다 많은 관심을 가지게 되었다.

셋째, 한국사회는 감성중심의 문화를 가지고 있다. 우리나라의 문화는 감성중심의 '정(情)의 문화', '한의 문화'이다. 반면에 서구는 실용성과 과학성을 강조하는 서구의 합리주의 중심문화이다. 따라서 한국문화는 경험적이고 심리적인 요소가 강조되기 때문에 감성경영의 성공 가능성과 효과가 서구보다 상대적으로 크다고 볼 수 있다. 그 예로 오랫동안 국내 소비자들에게 사랑을 받아온 제품들 중에는 한국문화의 감성적인 요소(정, 효, 고향 등)를 지속적으로 소구해온 제품들이 많음

넷째, 차별적 요소로서 '감성'요소를 활용하기 시작하였다. 감성마케팅의 반대개념인 이성마케팅에서의 구매기준은 기능, 가격, 품질 등이었는데, 이와 같은 요소들이 제품 생산기술의 발달 등으로 인하여 평준화되기 시작하였다. 또한 대부분의 소비재가 시장성숙기에 접어들었기 때문에 완전히 새로운 제품개발은 어려워 졌고, 이에 소비자 욕구를 충족시키는 상품특성을 소비자의 감성차원에서 찾는 시도가 나타나기 시

작하였다.

현재 국내의 '감성경영' 도입은 크게 감성마케팅과 감성리더십으로 나뉘어 진행되고 있다.

🗒 생각해 보기

· 한국 고유의 감성적 문화가 조직에 주는 영향은 무엇인가?

_____

_____

_____

_____

· 시장경제학의 근본인 '무한 생산', '무한 소비'의 한계점은 무엇이며, 감성경영에 어떠한 영향을 주었는가?

_____

2
감성리더십 도입 후
한국기업 문화의 변화

일과 가정의 양립

예전에는 일과 가정이 분리되어, 직장인들이 가정보다는 직장에 얽매여 사는 것이 대부분이었다. 하지만 감성리더십이 도입이 되면서 일과 가정을 양립하기 위한 문화가 조성되고 있다.

독일 '헤르티에 재단'은 가족친화기업은 그렇지 않은 기업보다 생산성이 30%나 높다는 연구 결과를 발표하였다. 가족친화경영은 근로자의 소속감 향상, 사기진작, 이직율 감소를 통해 기업의 생산성 증가 등 긍정적 효과가 입증된 제도로 기업운영에 있어 선택이 아닌 필수요소로 평가받고 있다.

2004년 금호 아시아나 그룹은 가족 같은 회사 분위기를 조성하기 위하여 '금

호 아시아나 가족'이라는 모토 아래 다양한 행사를 추진하였다.

우선 신가족주의를 내세워 가족교육을 통해 회사에 대한 신뢰감을 높이고 자부심을 고취하기 위하여 주부대학을 운영하였다. 이 행사는 테마특강, 건강특강, 야외행사 등 1박 2일간의 일정으로 진행되어, 상·하반기 각각 6차례씩 교육을 실시해 직원들과 가족들로부터 좋은 반응을 얻었다. 또한 생산성을 높이도록 사기를 북돋워주는 한편 회사 조직원들의 화합분위기를 조성하기 위하여 부부동반 워크숍을 개최하였다. 이러한 행사를 통하여 가족들은 회사에 대해 더욱 잘 알게 되고, 임직원들의 애사심이 높아지게 되었다.

또한 직원들에게 여름에 아이스크림과 슬러시를 무료로 제공하여 시원한 환경에서 일할 수 있도록 하는 한편, 매년 축제를 열기도 하고, 회사 경영진과 직원들이 대화를 통해 창의적인 의견, 애로사항 등을 전달할 수 있는 행사를 열어 창의적인 아이디어가 많이 나오는 효과를 가져왔다.

2015년에는 경기도가 일·가정 양립제도의 기업문화 확산을 위해 11개 기업과 함께 실천 캠페인에 나섰다. 이에 따라 11개 기업은 일·가정 양립 실천을 위한 필수 지표인 유연근무, 정시출퇴근, 자동육아휴직제, 근로시간단축, 직장어린이집 설치·운영 5개 과제 가운데 한 가지 이상을 선택해 실천하게 되었다.

· 가정친화적 기업문화가 임직원과 그의 가족에 주는 영향은 무엇인가?

_____

_____

_____

_____

즐거운 회사 생활 추구

2008년도에 직장인을 대상으로 '직장인 우울증 현황'에 대한 설문조사에서 무려 49.9%의 참여자가 '회사 안에서 우울해 진다.'고 답했다. 직장인 10명 중 6명은 회사 내에서 대인관계로 스트레스를 받고 있는 것으로 나타난 조사 결과도 있다. 이러한 조사 결과들은 국내 직장인들이 회사 생활에서 얼마나 어려움을 겪고 있는지를 보여준다. 이러한 인식은 직장인들에게 '회사는 재미없는 곳'이라는 생각을 가지게 한다. 따라서 억지로 일을 하기 때문에 좋은 아이디어나 성과가 나오기 어렵다.

코오롱은 2008년에 펀 경영을 경영목표 중 하나로 잡고, 'PRIDE UP' 기업문화 운동을 중심으로 CEO와 임직원, 경영진과 일반직원, 팀장과 팀원들이 함께 참여하는 다양한 일들을 추진했다. 예를 들면, 신입사원교육

을 장기자랑과 같은 재미위주로 편성하였고, 월/화요일에는 5
시에 퇴근하는 '챌린지 데이'를 실시하였으며, 수요일에는 '수
요문화쉼터'라는 미니음악회 개최하였다. 이러한 노력은 곧바
로 성과로 나타나 펀 경영 시행 당시 사상 최대의 실적을 기록
하는 효과를 보았다.

 오리온제과는 사내에 휴식
공간인 '펀스테이션'을 만드는
등 회사와 관련된 모든 부분에 재미를 결합시키려 시도하였다.
임직원들이 팀을 만들어 서울 압구정동의 텐트바를 체험한다
거나, 여직원들의 기왓장 격파, 남자 직원들의 미모 경연대회
를 열기도 하는 등 다양한 이벤트를 꾸준히 개최하였다. 이 같
은 펀 경영을 시작하고 나서 오리온제과의 영업사원 이직률이
16%에서 10%로 줄었다.

 신한은행은 2003년부터 펀
경영을 도입해 추임새운동,
'프레시 데이(야근, 회식 없는 날)', '스마일 차차차' 체조, 직원상담
센터를 통한 스트레스 관리 등의 프로그램을 운영해왔다. 특히
펀 경영을 CS에 접목시킨 실천 프로그램인 '와우! 서비스 데이'
는 재미있는 게임을 통해 CS관련 지식을 익히고 CS활동의 초
석이 되는 긍정적 태도를 갖게 하는 효과가 검증되면서 여러 서
비스 기업의 벤치마킹 대상이 되고 있다.

　이외에도 하나은행, 우리은행, 삼호 중공업 등 여러 기업들
이 펀 경영을 도입하여 '즐거운 직장 만들기'를 만들었다.

📋 생각해 보기

· 펀 경영을 통한 직원들의 행복지수 상승이 기업에 주는 영향은 무엇
인가?

_____

_____

_____

_____

토론문화 형성

흔히 기업의 창의적인 혁신은 한 사람의 머리에서만 나오는 것
이 아니라 여러 직원들의 격 없는 평등한 토론에서 나온다. 하
지만 우리나라에서는 흔히 회의를 하면 침묵을 지키는 사람들
이 많다. 좋은 아이디어를 얘기하면 "그래, 네가 꺼낸 아이디어
니까 네가 책임지고 완료해봐."라고 업무를 떠안게 되거나, "가
만히 있으면 중간이라도 간다."라며 상사에게 면박을 당하기
도 하기 때문이다. 또한 기업 내 권위의식이 토론을 망치는 경
우도 많고, 하나 마나 한 회의, 적당히 이야기 나누다 헤어지는
회의, 결정된 것은 많지만 정작 행동으로 옮겨지지 않는 회의
등으로 회의를 꺼려하는 문화가 정착되었다. 하지만 감성리더
십을 도입한 기업들은 회사역량을 극대화하기 위하여 적극적인
토론문화를 만들어 가고 있다.

삼성 SDS는 '열린 커뮤니케이션'을 추구하며, CEO가 매주 월요일에 전 직원들에게 이메일을 보내 다양한 정보를 공유했다. 이메일의 내용은 회사 경영뿐만 아니라 건강, 가장의 역할 등 인생의 선배로서 인생 철학 그리고 경험담과 좋은 책 소개 등에 이르기까지 광범위했다. 월요편지를 받을 때마다 "따뜻한 정을 느낀다."는 사원들도 많았다. 또한 CEO가 각 부서 돌아가며 도시락 간담회를 가졌다. CEO가 온오프라인으로 직원들과 소통을 시도한 것이다. 이러한 결과로 삼성SDS는 여느 회사보다 화합이 잘되고 소통이 잘되는 조직 문화를 갖고 있다는 평가를 받았다. 또한 삼성 그룹 인트라넷 내에 CEO가 별도로 사이트를 만들어 관리하면서 사원들과의 소통을 수행했다. 이 사이트 안에 개설된 '주제로 여는 한주' 코너를 통하여 CEO가 한 주간의 주제를 제시하면 이메일로 사원들이 회신하는 방식의 커뮤니케이션이다.

두산도 '대화경영'을 추구하며 격의 없는 대화를 통한 조직 활력을 강조하였다. 이를 위하여 온라인 게시판을 이용하여 대화를 촉진하고 CEO가 사원과 만나는 기회를 늘리는 한편, 신입사원에 대한 선배의 모니터링 제도를 실시하였다.

📋 생각해 보기

· CEO의 직원들과의 소통 노력이 기업에 미치는 영향은 무엇인가?

인공지능 시대

인간의 감성을
리딩하라

5

한국의 미래
신성장 산업을 위한
감성리더십

1
전장 산업과 감성리더십

전장 산업 개요

전자산업은 기술, 노동 및 지식이 집약된 산업으로 고부가가치를 가지고 있는 성장산업이다. 또한 국제협력이 활발한 산업이기도 하며, 기술, 시장, 자본은 있지만 부존자원이 부족하고 인구밀도가 높으며 시장규모가 작은 국내 산업여건에 가장 이상적인 전략 산업이기도 하다.

한국은 1990년대 초반만 하더라도 컬러 TV, VCR, 모니터 등 저부가가치 가전제품 중심의 생산 구조를 가지고 있었다. 그러나 최근에는 메모리 반도체, TFT-LCD, 스마트폰, 디지털 TV 등 고부가가치 제품으로 생산 구조로 급속히 변화하고 있다.

최근 '스마트폰'에서 시작된 '스마트'라는 용어는 '스마트 TV', '스마트 홈', '스마트 자동차', '스마트 가전기기', '스마트 생산라인' 등 우리의 생활과 산업 영역에서 폭넓게 사용되면서 산업의 영역이 계속 확장되고 있다. 우리는 지금 스마트 시대에 살고 있다고 해도 과언이 아니다.

현재의 스마트 시대는 디지털 시대에 시작된 기술의 변화에서 인식의 변화가 나타난 것이다. 디지털 시대는 기술의 시대였다. 아날로그 기술을 대신한 디지털 기술은 제품의 생산방식과 유통방식을 바꾸어 놓았고, 대중들의 소비방식과 소통방식도 바꾸어 놓았다. 아날로그 시대에 소수의 전문가가 사회를 주도했다면, 디지털 시대에는 전문지식이 쉽게 전파되고, 복제되어 대중지식을 탄생시켰고 혁신의 속도가 빨라졌다. 디지털 시대에는 더 빠른 속도, 더 많은 용량, 더 높은 집적도의 구현이 중요했다.

그러나 스마트 시대에는 기술의 발전과 인문학적 소양이 결합되기 시작하였다. "기술은 누구를 위하여 존재하는가?", "좋은 기술이란 무엇인가?" 이러한 질문에서 시작된 스마트 시대에서는 결국 기술의 사용자가 사람이며 사용자의 다양성이 중요하다는 인식이 생겨나기 시작했다.

이러한 스마트 시대가 열리면서 기존의 단순한 기계장비들이 새롭게 전자장비와 결합하여 새롭게 재도약을 하고 있다. 기존의 가전기기들이 사물인터넷(IoT)이라는 전자장비와 결합하여 보다 사용자가 편리한 사용 환경을 제공하고 있다.

최근에는 자동차 산업에서도 전자장비와 결합하여 '자율주행 자동차' 개발이 큰 이슈가 되고 있다. 자율주행 자동차란 말 그대로 사람이 운전하는 자동차가 아니라 컴퓨터가 실제 주행을 하는 자동차를 말한다. 2015년 5월 '다임러 트럭'은 세계 최초로 일반도로를 달릴 수 있는 자율주행 상용차 운행 허가를 받았다. 이제 곧 세계의 도로에서 자율주행 자동차를 볼 수 있는 날이 오게 될 것이다. 이러한 자율주행 자동차는 각종 첨단 운전자 보조시스템이 필요한데, 차량 자체적인 실시간 주변상황 감지 외에도 GPS 등을 활용한 예측시스템도 작동하고, 이 모든 것들을 종합적으로 판단해서 자동차 구동장치를 컴퓨터가 제어해야 하기 때문이다.

이러한 상황에서 한국에서도 LG나 현대모비스에서도 자동차 부품 산업 및 전장산업에 주력을 다하고 있다. LG의 최고경영진은 앞으로 자동차에서 전장부품의 비중이 계속 높아질 것으로 예상되는 만큼 새로운 시장을 창출할 수 있다는 판단에서 새로운 성장 동력으로 자동차관련 사업을 지목하였다. 현대차그룹에서 전장부품을 책임지고 있는 현대모비스 역시 자체 개발 능력을 높이는데 주력하고 있다. 2013년에는 보다 전문적인 전장부품 연구를 위해 전장연구동을 만들기도 했으며, 2015년까지 대부분 융합형 전장부품 개발과 친환경차 부품 개발을 위한 연구에 막대한 자본을 투입했다.

Key Point

스마트 시대의 전장 산업

스마트 시대가 열리면서 기존의 단순한 기계장비들이 새롭게 전자장비와 결합하여 새롭게 재도약을 하고 있다. 기존의 가전기기들이 사

물인터넷(IoT)이라는 전자장비와 결합하여 보다 사용자가 편리한 사용 환경을 제공

📋 생각해 보기

· 사물인터넷은 인간의 감성과 어떠한 연관이 있는가?

_____

_____

_____

_____

국내 전장 산업에서의 감성리더

스마트 시대는 개인화를 가속시켰다. 다양한 개인의 욕구를 만족시키기 위해 소비자의 다양성만큼, 기술 변화의 방향도 다양해지고 있다. 따라서 스마트화는 소비자가 자신이 쓸 제품을 직접 정의하는 데에서 시작된다.

과거에 소비자들은 기업이 만들어준 제품 중에서 선택을 해야만 했다. 하지만 이제 소비자들은 자신이 원하는 제품과 사양을 선택하고 구성하며 이를 기업에 요구한다.

스마트 시대가 이와 같이 소비자 지향적으로 될 수 있는 기술은 휴먼 인터페이스와 인텔리전스 기술이다. 휴먼 인터페이스 기술은 예전과 같이 사용자가 제품 설명서를 일일이 들여다보

고 적응하여 사용하는 것이 아니라, 직관적으로 사용할 수 있도록 한다. 인텔리전스 기술은 개인화에 필요한 정보를 수집하고, 분석하기 위해 필요하다. 소비자의 생활 패턴, 습관뿐만 아니라 상황이나 기분을 파악하고, 소비자가 원하는 것을 즉시 구현하는 것이다.

이러한 기술이 가장 잘 접목된 분야가 바로 '스마트 가전기기'이다. 이제는 IoT 기술과 접목하여 시간과 장소에 구애 받지 않고 도어락부터 집안에 있는 모든 전자기기들을 작동시킬 수 있게 되었다. 이러한 '스마트 가전기기' 분야에서 가장 필요한 것은 소비자의 감성을 이해할 수 있는 능력이다. 소비자가 무엇이 필요하고 얼마나 쉽게 기기들을 운용할 수 있는지를 파악하여 이를 디지털 기술과 접목시켜야 하는 것이다. 특히 가전기기의 주요 사용자가 여성이기 때문에 여성의 감성을 잘 분석하고 파악할 수 있어야 한다.

이러한 관점에서 삼성은 여성 엔지니어들에게 성장 비전을 제시하고 동기를 부여하기 위하여 2015년 12월의 2016년 정기 임원 인사에서 여성 임원 9명을 승진자 명단에 포함시켰다.

이 중 김유미 삼성SDI 부사장은 개발 분야 최초의 여성 부사장으로, 그녀는 소형부터 중대형까지 전지 개발 전문가이다. 김유미는 삼성SDI 현재 진행 중인 케미컬 사업부문 매각 이후 전지사업 분야를 중심으로 초일류 소재·에너지 기업으로의 도약을 이끌 것으로 전망하고 있다. 또한 김성은 상무는 생활가전 조리기기, 청소기 분야 마케팅 전문가로 프리미엄 제품 판매 확대를 통한 손익 개선에 기여해왔다. 김현숙 상무는 생활가전 요소기술 개발 전문가로 소비자 감성을 반영한 스마트가전 기술구현 및 제품 차별화에 기여했으며, 2013년 4월부터 생활가전사업부 감성Soft Lab장을 맡아 왔다.

📑 생각해 보기

· 전장산업에서 감성리더십이 중요한 이유는 무엇인가?

2
바이오생명 및 헬스케어 산업과
감성리더십

바이오생명 및 헬스케어 산업 개요

현재 '백세 시대'라는 말이 나오고 있다. 이제 인류의 평균 수명이 100살까지 이른다는 것이다. 이러한 시대에서 사람들의 관심은 '삶의 질'로 옮겨가기 시작했다. 건강을 유지하면서 노후를 보내기 위하여 화학식품보다는 자연식품을 찾기 시작하였고, 단순히 건강관리를 넘어 피부관리까지 관심이 확장되었다. 따라서 바이오생명 산업과 헬스케어 산업이 현재 큰 관심을 받고 있다.

바이오생명 산업은 오늘날 미래 사회를 지탱하는 무궁한 가치의 미래자원이자 발전 가능성이 높은 거대 시장으로 주목받고 있다. 지구상에 존재하는 모든 생물, 생물의 구성물 및 정보를 포괄하는 생명자원은 농축 산업, 발효 산업 및 고부가가치

제품 개발을 위한 필수 소재이며, 인류가 이용하는 천연자원의 고갈 및 환경 문제의 대두로 인해 생명자원을 소재로 한 바이오 산업 분야가 각광을 받고 있는 것이다.

특히 농식품 산업은 새로운 정책방향으로 추진되고 있다. 기존의 먹을거리 생산의 농어업에서 동·식물 등 생명자원을 활용하는 고부가 생명 산업으로 육성되고 있으며, 미래성장 생명 산업으로 영역이 확장되고 있다.

이에 따라 농림수산식품부는 2010년에 동물, 식물, 미생물 등 생명자원을 활용한 고부가가치 생명산업을 미래성장산업으로 육성하는『생명산업 2020 + 발전전략』을 발표하였다.

생명산업 발전전략의 주요내용으로는 첫째, 생명자원 확보를 위해 다양한 농림수산 생명자원 확보 및 유전적 특성을 평가하여 신품종육종, 기능성물질 등 생명공학 등의 생명산업 소재로 제공하며, 둘째, R&D 강화를 위하여 농림수산식품 R&D를 개편하여 천연의약 소재, 품종육종 및 바이오에너지 등 생명산업분야에 확대 지원하고, 셋째, 생명산업 육성을 위하여 생명산업 기업에 대한 민간 투자활성화 및 지역의 농림수산 특화자원을 활용한 생명산업을 육성하고, 넷째, 생명산업 중 성장가능성이 높은 ①종자산업, ②기능성·의약소재개발, ③동물의 약품산업, ④미생물산업, ⑤바이오에너지개발, ⑥애완·관상 동식물산업 분야를 집중 육성하는 것이다.

한편 헬스케어 산업은 급속한 고령화와 소득수준 증가로 인한 건강에 대한 관심이 증가하면서 관심과 시장 수요가 크게 급

증하고 있다. 특히 의료비 절감과 의료 품질 제고를 동시에 실현할 수 있는 IoT 기술이 접목되면서 더욱 발전 가능성이 보이는 산업이다. 헬스케어는 대표적인 ICT 융합산업으로 건강관리부터 원격진료에 이르기까지 잠재적인 성장 가능성이 매우 높은 분야로 꼽힌다. 헬스케어 산업은 IoT 기술 중 센서 기술과 웨어러블 및 모바일 단말기 등을 기반으로 하여 데이터가 대부분 생체신호 심박 수, 체온, 몸의 움직임, 전기전도도 등의 신호가 웨어러블 다바이스로 전달되며, 전달된 입력 데이터는 기기에서 처리된다. 이러한 헬스케어 산업은 새로운 부가가치를 창출하는데 크게 기여할 것으로 기대되고 있다. 그 이유는 삶의 질 향상 및 건강에 대한 일반인들의 관심 증대로 인해 의료서비스에 대한 요구가 커지기 때문으로, 특히 급속한 고령화와 소득수준의 증가는 소비자들의 관심이 '건강'에 집중될 수밖에 없기 때문이다.

　최근에는 구글, 애플, MS 등과 같은 주요 ICT 기업들이 스마트 헬스케어 분야에 적극 투자하고 있다. 현재 스마트 헬스케어는 통신 및 센서기술이 주도하던 초기단계를 넘어서 데이터와 콘텐츠가 주도하는 성숙단계로 진입하고 있으며, 플랫폼 사업자 간의 경쟁구도가 본격화될 것으로 보인다.

바이오생명 및 헬스케어 산업

인간의 수명과 소득 수준이 늘어나면서 건강하면서 질 높은 삶에 대한 관심이 증가됨에 따라 자기관리에 필요한 다양한 산업이 발전

📋 생각해 보기

· 건강하고 질 높은 삶을 영위하려는 인간의 욕구와 감성은 어떠한 관련이 있는가?

___

___

___

___

국내 바이오생명 및 헬스케어 산업에서의 감성리더

지난 20세기에서는 산업혁명을 거쳐 생산성 혁신을 통해 기존의 빈곤을 해결하고 풍요의 시대를 열었다. 그러나 20세기의 주요 이슈였던 생산성의 문제는 21세기를 맞이하여 새로운 키워드인 감성이 등장함으로써 시장의 관심은 욕구의 다양성과 더불어 고품질을 요구하게 되었다. 즉, 단순 양적 생산성에서 질적 영역으로 전환되고 있다. 감성 및 감성품질의 요구는 생산성 경쟁의 다음 단계의 경쟁방식을 보여주고 있다.

최근 과학 기술의 여러 분야 중 생명 공학 기술은 급속도로 발전하고 있는데, 생물의 복제, 세포 융합 기술, 생체 인식 기술 등 과거에는 상상할 수도 없었던 기술들이 계속 현실화되고 있다. 이러한 생명 공학 기술을 바탕으로 한 산업에서는 세포 융합이나 유전자 재조합을 통해 원하는 생명체를 만들기도 하고, 생명체를 대량으로 배양해 식량, 의약품 등에 이용하기도 한다. 이러한 생명 공학은 여성 특유의 감성, 섬세함, 부드러움이 잘 발휘될 수 있는 분야이며, 생명 공학 기술을 통한 상품의 소비자 대부분은 여성들이다.

한편, 국내에서 인구의 고령화로 인하여 성인병 및 만성질환 증가, 신흥시장 수요 증가 등으로 인하여 헬스케어 산업도 미래 산업으로 각광을 받고 있다. 헬스 케어 산업은 각 제품 및 서비스 유형에 따라 매우 다양하고 복합적인 기술 개발이 요구된다는 특징을 가지고 있다. 기기 및 시스템 산업은 전자공학 · 기계공학 · 물리학 · 화학 등 공학 기술과 의학 · 생리학 등 의학 기술이 복합돼 구현되며, 질병의 다양성과 개인의 특성 차이에 맞춰 제품이 제작되므로 소량 전문 제품 위주의 생산이 상대적으로 높은 비중을 차지한다. 이러한 헬스케어 산업의 특성 역시 여성이 갖는 부드러움 및 섬세함과 어울리는 부분이 있다.

이러한 부분을 반영하듯 제약업계에서 여성 대표의 강세가 이어지고 있다. 2016년 초, 김은영 현 한국엘러간 대표는 아시아 4개국을 총괄 지휘하게 되었으며, 안과 분야 특화 제약사인

알콘은 김미연 전 한국노바티스 부사장을 한국알콘의 신임 사장으로 선임했다.

현재 다국적 제약회사의 경우 여성들이 많은 활약을 하고 있다. 전체 직원 중 여성 비율이 50%가 넘는 회사도 적지 않으며 그중 여성임원 비율이 40%를 넘는 제약회사도 있다. 외국계 제약회사 여성 CEO 시조는 1986년에 취임하여, 23년간 한국스티펠을 이끌었던 권선주 전 사장이다. 그 후 2008년 산도스 대표이사직에 윤소라 전 대표가 임명되기도 했으며, 2010년 젠자임코리아 CEO에 배경은 대표가 취임했고 배경은의 이동으로 공석이 된 젠자임은 또 다시 여성인 박희경 대표를 선임했다. 또한 2011년에는 덴마크계 제약회사 레오파마가 국내에 진출하면서 초대 CEO 자리에 주상은 대표가 선임됐다. 2012년 한국얀센은 김상진 대표 후임으로 말레이시아얀센 사장을 지낸 김옥연 대표가 선임되었다. 2015년에는 부광약품에 유희원 대표이사가 선임되었다.

📋 생각해 보기

· 바이오생명과 헬스케어 산업에서 감성리더십이 중요한 이유는 무엇인가?

_____

_____

_____

3

나노산업과 감성리더십

나노산업 개요

나노(NANO)란 10억분의 1을 나타내는 단위로 나노기술이란 물질을 나노미터 크기(1-100nm)의 범주에서 조립, 조작 · 분석하고 이를 제어함으로써 새롭거나 개선된 물리적 · 화학적 · 생물학적 특성을 나타내는 소재 · 소자 또는 시스템을 만들어내는 과학기술을 일컫는다. 나노기술은 재료 및 제조, 의약 및 건강, 운송 및 국방, 환경 및 에너지, 바이오기술 및 농업 등과 같은 다양한 분야와의 융합을 통해 새로운 가치를 창출할 수 있는 첨단기술이다.

나노기술은 다양한 분야와의 융합화를 통해 이미 우리생활 깊숙이 활용되고 있다. 나노융합은 소형화, 경량화, 신고기능화 등의 특징을 구현함으로써 제품의 고부가가치화를 실현한다. 소형화의 예로는 3D 반도체, 나노로봇, 나노센서 등이 있으며, 경량화에는 항공기 동체, 자동차 프레임, 그래핀 두루마리 디스플레이 등이 있고, 신기능화에는 나노섬유, 나노약물전달시스템, 양자점 태양전지 등이 있다.

나노기술을 활용한 나노융합산업이란 나노기술을 기존기술에 접목하여 기존제품을 개선 · 혁신하거나 전혀 새로운 나노기능에 의존하는 제품을 창출하는 산업을 말한다. 이러한 나노융합산업의 범위는 에너지, 재료, 저가 필터, 의료기기 및 약품, 조명, 센서, 환경기술 등 다양하다. 나노융합산업을 통한 제품은 나노적용제품과 나노지배제품으로 나뉜다. 나노적용제품은 기존산업과 융합되어 해당 산업구조의 고도화나 시장 확대를 촉진하는 제품으로 나노 반도체가 대표적인 예이다. 나노지배제품은 나노기술에 의해 기존시장과 차별되는 새로운 시장수요를 창출하는 제품으로 리필/항균잉크가 대표적인 예이다.

나노융합기술은 새로운 산업, 신규 시장을 창출할 수 있는 응용산업의 특성을 보이며, 대부분의 분야에 적용 가능하다. 또한 활용여부에 따라 기술적 · 산업경제적 파급효과가 크며, 과학을 기반으로 한다는 특징을 가지고 있다. 따라서 나노융합산업은 국가 전략산업 분야의 융복합화를 통해 기존 산업의 고도화 및 고부가가치화를 실현하여 신시장 · 신산업 창출에 기여하며, 모든 첨단 기술 발전의 견인차 역할을 함으로써 일반 산업제품의 부가가치를 증대시킬 수 있기 때문에 중요성이 증대되고 있다.

나노융합산업은 정책, 경제, 사회, 기술 등 거시환경이 급속도록 변화함에 따라 발전이 가속화되고 있다.

우선 정책적 측면에서 저탄소 녹색성장, 신성장동력 육성, 기술 보호장벽 강화 등에 의해 발전되고 있다.

경제적 측면에서는 시장의 글로벌화와 세계적 금융위기를 맞이하여 시장 경쟁력 확보와 신기술을 통한 신산업 창출이 중요해졌기 때문에 강조되고 있다.

사회적인 면에서는 고령화 사회로 진입함에 따라 건강하게 오래 살 수 있는 사회를 추구하게 되었고, 안전성 및 편의성, 인간중심의 친환경/무해 제품에 대한 관심이 증가하며, 문화수준이 향상되어 언제 어디서나 다양한 즐거움을 누릴 수 있는 사회를 추구하게 되었기 때문에 나노융합제품이 개발되고 있다.

마지막으로 기술적인 측면에서 기술이 융복합화 됨에 따라 산업측면에서 박막기술기반 대형화, 초미세화, 경량화, 복합화, 심미화 추세가 강화되고 있고, 나노물질의 대량생산이 가능해졌으며, 기존 산업기술의 발전 한계를 극복하기 위하여 적극적으로 나노기술을 접목하고 있다.

나노 산업

나노기술을 기존기술에 접목하여 기존제품을 개선·혁신하거나 전혀 새로운 나노기능에 의존하는 제품을 창출하는 산업으로 소형화, 경량화, 신고기능화 등을 구현

📋 생각해 보기

· 나노융합산업 발전의 거시적 환경의 사회적 측면과 감성과의 연관성
  은 무엇인가?

_____

_____

_____

_____

국내 나노 산업에서의 감성리더

앞에서 설명한 나노 산업이 발전화게 된 주요 이슈를 정리해보
면 저탄소 녹색성장, 신성장동력의 육성, 기술보호장벽 강화,
시장의 글로벌화, 세계적 금융위기, 고령화 사회, 안정성 및
편의성 추구, 문화적 수준 향상, 기술의 융복합화라고 할 수 있
다. 이러한 이슈들은 최근의 트렌드인 친환경/저에너지, 경량
화/초미세화, 모바일화, 고감성화, 건강/안전, 융복합화와 잘
매칭을 이루고 있다.

최신의 트렌드는 여성 특유의 감성과 연관이 있는 만큼 나노
융합산업에서도 여성들의 역할이 기대되고 있다.

2014년 대한여성과학기술인회는 나노융합산업연구조합과 함
께 'women in nano' 세미나를 개최한 바 있다. 이 세미나에는
각국의 여성 과학기술인들이 발표자로 참석해 심도 있는 나노

관련 주제에 대한 발표 및 질의응답 시간을 가졌다. 이 세미나
는 홍보가 미흡했지만 발표수준이 매우 뛰어나 세미나 자리는
세계 유수 학자들의 질문이 계속 이어졌다는 호평을 받았다.
이처럼 여성과학기술인들이 나노연구에서 두각을 나타내기 시
작하였다.

2011년도에는 교육과학기술부 · 지식경제부 · 국가과학기술
위원회 등 나노융합 기술 지원을 맡은 관련 부처 담당자에 모두
여성 서기관이 부임해 화제를 낳기도 했다. 당시 한국의 5급 이
상 공직자 가운데 여성 비중이 10%도 미치지 못했었는데, 나노
분야에서만 3명의 여성과장이 거의 동시에 부임한 것은 극히 이
례적이었다.

우선 이은영 교육과학기술부 미래기술과장은 나노 · 바이
오 · IT 등 미래 기초기술 진흥을 책임졌다. 이은영은 나노 관
련 기초기술 지원 전략을 짰으며, 환경부가 주관한 나노 안전
성 검증 사업 방향도 함께 만들었다.

또한 조정아 팀장은 지식경제부가 융합산업을 키우기 위해
2011년 3월에 신설한 나노융합팀의 초대 팀장이 되었다. 이로
인하여 기초기술 전략은 이은영 과장이, 상용화를 위한 R&D
와 산업지원 전략은 조정아 팀장이 맡아 나노 정책수립 및 실행
이 이루어졌다.

한편 두 부처 협력 사업에는 방송통신위원회에서 스마트워
크전략팀을 이끌었던 국가과학기술위원회의 김꽃마음 과장이
서포터 역할을 맡았다. 당시 업계의 한 관계자는 "여성 특유의

섬세함에다가 일에 대한 의욕이 충만해 업계에서도 기대가 크다."라고 하며 기대감을 나타냈다.

📋 생각해 보기

· 나노 산업에서 감성리더십이 중요한 이유는 무엇인가?

_____

_____

_____

_____

4
친환경 산업과 감성리더십

친환경 산업 개요

친환경 산업은 국내에서는 흔히 녹색 산업이라고 불리며, 최근 많은 관심을 받고 있다. 국내에서는 2010년 『저탄소 녹색성장 기본법』이 시행되었는데, 이 법에 따르면 "녹색 기술"이란 온실가스 감축기술, 에너지 이용 효율화 기술, 청정생산기술, 청정에너지 기술, 자원순환 및 친환경 기술(관련 융합기술을 포함) 등 사회 · 경제 활동의 전 과정에 걸쳐 에너지와 자원을 절약하고 효율적으로 사용하여 온실가스 및 오염물질의 배출을 최소화하는 기술을 말한다. 또한 "녹색산업"이란 경제 · 금융 · 건설 · 교통물류 · 농림수산 · 관광 등 경제활동 전반에 걸쳐 에너지와 자원의 효율을 높이고 환경을 개선할 수 있는 재화(財貨)의 생산 및 서비스의 제공 등을 통하여 저탄소 녹색성장을 이루기 위한 모든 산업을 말한다.

산업연구원은 2008년도의 〈녹색성장 유관산업의 중소기업 현황 및 실태조사〉에서 친환경 산업 분야를 신재생에너지 전환업 및 신재생에너지설비제조업, 에너지이용효율화산업 및 기후변화파생산업, 환경산업(오염관리 관련 산업, 청정기술·제품 관련 산업, 자원관리 관련 산업)으로 분류하고 세부업종을 다음과 같이 분류하였다.

분류	세부업종
신재생에너지 전환업 및 신재생에너지 설비제조업	태양에너지, 바이오에너지, 풍력, 수력, 연료전지, 해양에너지, 석탄액화·가스화에너지 및 중질잔사유에너지, 폐기물에너지, 지열에너지, 수소에너지 등
에너지 이용 효율화 산업 및 기후변화 파생산업	고효율 전동기·히트펌프·조명기기(LED 등)와 같은 고효율에너지기자재 등의 제조업, 에너지절약전문기업(ESCO) 등 관련 컨설팅 혹은 엔지니어링업, 송배전효율화시스템 제공업, 수력지능형 교통시스템 제공업, 탄소배출권 획득 관련 산업, 이산화탄소 포집산업 등
환경산업 (오염관리 관련 산업, 청정기술·제품 관련 산업, 자원관리 관련 산업)	대기오염제어 기기 생산업, 폐수관리 기기 및 제품 생산업, 고형폐기물관리 기기 제조업, 토양, 지표수, 지하수 개선 및 정화기기 제조업, 소음 및 진동 저감장치 제조업, 환경감시, 분석 및 측정장치 제조업, 수도사업 관련업 등

친환경 산업은 세 가지 특징을 가지고 있다.

먼저 유치산업적 특징을 가지고 있기 때문에 상업적, 기술적 발전 잠재력은 있으나 시장 실패의 가능성이 있는 산업군으로 산업정책의 대상이 되고 있다.

두 번째로, 친환경 산업은 생산, 전달, 소비, 활용에 이르는 부가가치 공정을 연계시키는 것이 필요하다. 즉 지금까지 안정적 공급, 수요, 관리 효율성으로 나뉘어 개별적으로 추진되어 오던 전략을 바꾸어 전 주기에 걸쳐 효율성을 높여야 한다.

세 번째로, 친환경 산업에는 특유의 혁신체제가 필요하다. 이는 이전까지 이산화탄소 등 온실가스를 배출할 수밖에 없었던 에너지 및 산업구조를 극복하기 위해 녹색산업의 기술적 혁신뿐만 아니라 이를 확산, 산업화하는 네트워크 혁신, 그리고 사회제도 및 하부구조의 혁신 등이 종합적으로 이뤄져야 하기 때문이다.

Key Point

친환경 산업

경제 · 금융 · 건설 · 교통물류 · 농림수산 · 관광 등 경제활동 전반에 걸쳐 에너지와 자원의 효율을 높이고 환경을 개선할 수 있는 재화의 생산 및 서비스의 제공 등을 통하여 저탄소 녹색성장을 이루기 위한 모든 산업

🗒 생각해 보기

· '친환경'이라는 용어가 주는 느낌은 무엇인가?

―――――――――――――――――――――――――――――――

―――――――――――――――――――――――――――――――

―――――――――――――――――――――――――――――――

―――――――――――――――――――――――――――――――

국내 친환경 산업에서의 감성리더

최근 '친환경'이라는 용어가 널리 사용되고 있다. 환경오염으로
인한 전 세계적인 문제가 심각해지자 자연을 오염하지 않기 위
한 노력이 중요한 이슈가 된 것이다. 이제 '친환경'은 기업뿐만
이 아니라 각 가정에서도 실천해야 할 이슈가 되었다.

이희자 CEO가 이끄는 ㈜루펜리는 음식물처리기로 유명한
기업이다. 이희자는 경제적으로 어려운 상황에서 49세에 사업
을 시작하여 주부의 입장에서 구상했던 친환경 사업 아이템인
루펜 음식물 처리기와 물방울 살균 가습기 등의 제품을 내놓았
고 대성공을 거두었다. 성공의 핵심 키워드는 여자의 마음을
사로잡는 디자인이었다.

이처럼 주방에 포인트를 줄 수 있는 예쁜 디자인으로 큰 성공
을 거둔 이희자는 2016년에 새로운 친환경 아이템으로 새로운
도약을 준비하고 있다.

그 첫 번째 아이템은 태양광 라이트이다. 이희자는 〈여성국
제교류재단〉에서 강의를 하며 아프리카 11개국, 동남아 20개국
의 여성들과 교류를 하면서 아프리카에 대한 관심을 가지게 되

제5부 한국의 미래 신성장 산업을 위한 감성리더십

197

었다. 태양광 라이트는 아프리카 사업에 적합한 아이템으로 본체와 패널이 분리되며, 집안에서 충전이 가능하며, 한 번 충전으로 20시간 동안 사용이 가능하기 때문에 아프리카와 같이 전기를 구하기 힘든 곳에서 사용하는데 아주 유용하다.

두 번째 아이템은 국내 유일의 삼륜 전기 자동차이다. 귀엽고 깔끔한 디자인에 220V로 쉽게 충전할 수 있다는 장점이 있다.

또 다른 아이템으로 '폴리카블'이 있다. '폴리카블'은 자갈을 뭉친 자갈 집합체로 투수성과 통기성이 뛰어나며 수질 정화, 식생 기능, 물 제어 기능 등 다양한 기능을 할 수 있다. 이희자는 '폴리카블'을 통해 친환경 하천 복원, 수질 정화, 인공어초 등의 사업을 펼칠 계획을 가지고 있다.

이러한 (주)루펜리의 새로운 세 가지 사업 아이템은 모두 친환경적이라는 성격을 가지고 있으며, 고객이 가진 니즈를 잘 파악을 한 예라고 볼 수 있다. 이희자는 여성으로서 소비자들의 마음을 읽는 능력이 뛰어나며, 창의적이고 진취적인 성격으로 도전하는 정신을 가지고 있기 때문에 소비자가 원하는 새로운 친환경적인 아이템들을 지속적으로 개발해 낼 수 있을 것으로 보인다.

한편 한경희 대표가 이끄는 (주)한경희생활과학도 친환경 가전제품들을 출시하고 HAAN이라는 브랜드로 널리 알려진 기업이다. 한경희 대표는 국제올림픽위원회(IOC)에서 근무를 했었으며, 미국 캘리포니아주립대학교 대학원에서 경영학 석사를 받았으며, 한국에서는 교육부 사무관으로 근무했던 다양한 이력의 소유자이다.

한경희 대표가 성공을 한 이유 중 하나는 직원들이 능력할 발휘할 수 있는 기회를 주기위해 노력해 왔다는 점이다. 직원들이 아이디어를 자유롭게 낼 수 있도록 아이디어 게시판을 운영하기도 하고, '싱크타임'의 시행, 프로젝트팀을 구성을 통한 개발 아이디어 창출 등 '아이디어 경영'을 실시했다. 기업내 직원들의 아이디어만 모으는 것이 아니라 2013년도부터는 자본이 없어 제품화하지 못하고 있는 전국의 창의적 아이디어를 모으고 있다. 그 결과 중학생의 아이디어까지 수용하여 자세교정 책상과 의자를 내놓기도 하였다.

㈜한경희생활과학은 "인류를 행복하게 하는 세계 최고의 생활과학 기업"이라는 비전을 가지고 다양한 친환경 소재의 도마와 유리무선주전자, 스팀찜기, 친환경 공법을 사용한 코팅력을 적용한 프라이팬, 냄비 등을 개발·출시하여 가전시장에서 당당히 대기업들과 경쟁하고 있다.

📋 생각해 보기

· 친환경 산업에서 감성리더십이 발휘될 수 있는 이유는 무엇인가?

_____

_____

_____

_____

5

우주항공 산업과 감성리더십

우주항공 산업과 개요

한국에서 항공우주산업은 안보적인 측면에서 국가의 안보와 직결되는 산업으로, 안전에 기여하고, 안보 감시체제를 확립하여 자주적 정보의 획득 및 관리가 가능하게 산업으로 중요성을 가지고 있다. 우주항공 산업을 발전시킴으로써 방위 기반산업으로서 방위 장비품 생산능력, 연구개발능력, 성능향상 능력을 갖출 수 있게 된다. 또한 항공우주산업은 한 국가의 기술·경제 수준을 나타내는 지표로서 국가 위상을 제고하는데 일익을 담당하기도 한다.

국제관계적인 측면에서는 항공우주의 개발이 각 국가 간에 기술, 시장, 자본 등을 분담하는 국제공동개발이나 기술의 교류가 성행하고 있기 때문에 세계 항공우주산업의 파트너로서 안정적 산업발전에 협력하고 공헌을 할 수 있다. 또한 세계 기술 동향을 파악하고, 국제협력을 통하여 핵심 항공우주기술 확보할 수 있으며, 국제협력의 다변화를 통한 실익 창출 및 지역 간 기술교류를 활성화할 수 있다.

기술적인 측면에서 항공우주산업은 기술선도 산업으로서 우리나라의 산업구조 고도화에 빠뜨릴 수 없는 역할을 하며, 관련 산업에 기술이 파급되어 국내 산업구조의 고도화를 촉진시키는 역할을 한다. 항공우주기술은 초정밀 가공 · 조립기술, 고품질 전자부품기술 및 극한 환경기술 등이 결합되어 제반 파급효과가 지대한 미래지향형 첨단기술의 복합체이기도 하다. 한편 항공우주산업은 지상을 떠나 일정시간 이상 공간을 비행하는 기기류를 생산하는 산업이기 때문에, 대표적인 시스템 종합 산업이며, R&D집약 및 기술파급효과가 높은 산업이다. 항공기의 기체제작에서부터 엔진제작을 중심으로 정밀기계, 전자, 전기, 컴퓨터, 유압장치, 항법장비 등 거의 모든 산업분야의 첨단기술이 망라된 수십만 단위의 부품을 조립하여 제품을 생산하므로 하나의 종합시스템 상품화의 특성을 갖는 산업인 것이다.

항공우주산업은 항공 산업과 우주 산업으로 나뉘어 살펴볼 수 있다.

한국의 항공 산업은 2008년도에 전 세계시장의 약 0.5% 정도를 차지했다. 이는 전 세계 항공 산업에서 우리나라가 차지하는 비중이 매우 미미하다는 것을 보여준다. 현재 항공 산업에서 군수 분야의 생산이 민수분야에 비해 큰 구조이기 때문에 향후 민수 분야의 항공 산업으로의 진출 확대가 필요하다.

우주 산업에서는 1990년 초 최초의 인공위성인 우리별을 발사한 이래, 지난 20여 년 간 비약적인 발전을 해왔다. 1m 이하 크기의 지상의 물체를 약 700km 고도에서 관측할 수 있는 고해상도 아리랑 위성 시리즈는 물론 무궁화 위성으로 대표되는 정지궤도 위성인 통신방송 위성은 물론 2010년 자력으로 통신해양기상위성을 정지궤도에 성공적으로 발사하는 성과를 거두었다. 나로호 사업은 비록 2009년과 2010년 2차례 실패한 적이 있지만, 2013년에 성공함으로써 국가의 위상을 높일 수 있었다.

우리나라는 나로호 개발을 통해 우주발사체 기술에 대해 매우 많은 기술을 습득할 수 있었다. 2009년 5월 한국연구재단에서 수행한 '한국형발사체 상세기획연구, 국내 기술수준 향상도 분석 자료'에 의하면 나로호 개발을 통해 국내 발사체 기술 수준이 선진국 대비 46.3%에서 83.4%로 향상된 것으로 분석되었다. 이 중 가장 중요한 기술은 체계 기술인데 러시아와 함께 공동으로 진행하면서 익힐 수 있었다. 또한 국제협력이 틀어질 경우를 대비하여 자력개발안을 함께 진행하였는데, 이를 통하여 로켓엔진 개발도 이루어졌다.

우주항공 산업

우주항공 산업은 국가안보적 측면, 국제관계적 측면, 기술적 측면에서 중요한 산업이나 아직 한국에서는 다른 선진국들에 비하여 발전이 미미한 상태임

🗏 생각해 보기

· 한국의 민간업체가 앞으로 우주항공 산업을 개발하기 위하여 필요한 전략은 무엇인가?

_____

_____

_____

_____

국내 우주항공 산업에서의 감성리더

2013년 나로호의 발사 성공은 기술적으로 우리가 개발한 2단 로켓 및 페어링, 위성, 각종 전자장비 등으로 구성된 상단에 대한 비행검증을 성공적으로 수행했다는 점과 그동안 침체되었던 국가주도의 항공우주개발 사업에 대한 투자 활성화에 전환점을 제공해 주었다는 점, 대다수의 국민들이 항공우주개발에 대해 관심과 성원을 보내고 있다는 점에서 큰 의의를 가지고 있다.

나로호 발사가 성공하기 전인 2008년 4월에 한국인 최초로 이소연이 우주탐사를 한 적이 있다. 이소연은 우주에서 11일 간 체류하고 귀환하였는데, 전 세계적으로는 475번째이고, 여성으로서는 49번째 우주인이다. 아시아에서는 4번째이기도 하다.

이소연이 우주로 나갈 수 있게 된 계기는 '한국 우주인 배출 사업'이었다. '한국 우주인 배출 사업'은 한국인 최초의 우주인을 만들기 위한 과학기술부 주관의 국제협력 사업이었다. 이 사업은 한국 최로의 우주인 배출을 통해 유인 우주기술을 습득하며, 우주 개발에 대한 국민, 특히 청소년의 관심과 이해를 제고하기 위해 시작되었으며, 러시아와 공동으로 우주비행자 양성 계획을 수립하였다. 2006년에 우주비행자 모집공고를 하자 지원자가 3만 6,206명에 달했으며, 4차례의 우주인 선발 과정을 통해 결국 고산과 이소연이 선출되었다. 고산과 이소연은 15개월 동안 모스크바 인근에 있는 유리 가가린 우주인 훈련센터에서 우주 비행에 필요한 훈련을 받았다. 2007년에 고산이 탑승 우주인으로 선정되고, 이소연은 예비우주인으로 선정되었지만, 2008년 훈련 과정에서 보안 규정 위반으로 고산이 예비 우주인이 되고 이소연인 탑승 우주인이 되었다.

이소연은 국제우주정거장에서 9박 10일간 머물면서 18가지 우주과학 실험 등의 우주임무를 수행하였다.

이소연은 2011년에 한국과학기술원 겸임교수를 맡았으며, 2년 간의 한국항공우주연구원(KARI) 전임연구원 생활과 카이스트에서의 교수 생활을 마무리 지은 후 2012년부터 항공우주연

구원 인사위원회의 승인 하에 휴직하고 미국 UC버클리대학교
에서 MBA 과정에 등록하였다.

📋 생각해 보기

· 이소연이 한국최초의 우주비행사임에도 불구하고 이를 포기하고 미국
  으로 건너간 이유는 무엇이겠는가?

_____

_____

_____

_____

6
문화예술 산업과 감성리더십

문화예술 산업과 개요

문화예술 산업은 21세기의 주요 산업 중 하나로 떠올랐으며 창의적 역량에 기초하여 새로운 부가가치를 창출하기 때문에 '창의 산업'으로도 불린다.

『문화예술진흥법』에 따르면 '문화예술'이란 문학, 미술(응용미술 포함), 음악, 무용, 연극, 영화, 연예, 국악, 사진, 건축, 어문 및 출판을 말하며, '문화산업'이란 문화예술의 창작물 또는 문화예술 용품을 산업 수단에 의하여 기획, 제작, 공연, 전시, 판매하는 것을 업으로 하는 것을 일컫는다.

문화예술 분야는 특히 콘텐츠 산업이 등장하면서 많은 관심을 받기 시작했는데, 두 분야는 지향점에서 차이가 있다. 문화예술분야는 예술적 가치, 공익적 가치, 사회적 가치를 지향하는 반면에 콘텐츠 산업 분야는 경제적 가치, 상업성 및 오락성을 지향하며 시장에 민감하다. 이러한 차이에도 불구하고 문화예술 분야는 콘텐츠 산업과 결합하여 우리나라에서 문화콘텐츠라는 용어를 만들어 내었다. 그리고 문화예술 산업 중에서 콘텐츠에 기반을 둔 산업을 문화콘텐츠 산업이라고 부른다.

문화예술 산업에 발전하게 된 계기는 예술과 기술의 연계이다. 예술분야에서 협업 기반의 예술프로젝트가 활성화 되었으며, 새로운 표현기술 및 예술형식의 연구 개발이 진행되고 있었고, 뉴미디어와 콘텐츠 기술의 발전으로 예술과 타 영역 간의 연계성이 확대된 것이다.

21세기에 들어오면서 제조업이 경제성장을 주도하는 시대가 지나가고 '지식집약화'와 '문화적 소비'의 추세에 기반을 둔 '창의경제'의 시대가 도래함에 따라 창의성의 산업화지원이 선진국을 중심으로 날로 확산되고 있다.

현재 문화예술 산업은 경제적 부가가치 창출뿐만 아니라 정체성, 예술성, 생활양식 등 문화적 요소를 확대시킨다는 점에서 정부의 정책적 개입의 필요성이 인정되었으며 문화적 요소는 창의성 계발에 중요한 역할을 하고 있어 이를 확산시키는 것이 정부정책의 중요한 부분으로 제시되었다. 하지만 초반에 제시된 산업적 요소에 기반을 둔 문화산업정책은 문화산업 영역에서 나타나고 있는 문제점을 해결하는데 한계가 존재한다는 지적과 함께 국가 발전에 있어 문화산업의 중요성이 강조되면서 문화산업의 장기적인 성장을 유도할 수 있는 새로운 정책 패러다임에 대한 필요성을 증대시키고 있다.

또한 2000년대에 들어서면서 중국, 일본, 동남아시아, 중앙
아시아 등에서 일어나고 있는 '한류' 열풍에 힘입어 한국문화 산
업의 질적인 향상이 더욱 요구되고 있다. 그 이유는 한류의 출
발이 한국의 대중문화였지만, 이제는 더 이상 대중문화에만 국
한 되는 것이 아니기 때문이다. 이제는 한국인과 한국 자체를
좋아하여 한국어를 배우고 한국제품을 사는 아시아인들까지 있
다. 이렇듯, 한류는 한국 대중문화의 확산이라는 문화적 측면
뿐만 아니라 상당한 경제적 효과까지 창출하고 있다.

문화예술 산업이 오늘날 중요한 산업으로 부상한 이유는 IT
산업과 동반 성장이 가능하며, 브랜드의 가치를 높일 수 있기
때문이다. 또한 콘텐츠 사업과 결합하면서 One Source Multi
Use를 통하여 고부가가치 창출이 가능하다. 즉 예전에는 각 장
르별로 구분되어 이용되었던 콘텐츠가 각 장르에서 단일한 콘텐
츠를 이용되는 추세로 변화하고 있는 것이다. 또한 한류에서 볼
수 있듯이 문화적 감성이 유사한 해외 시장 진출이 용이하다.

🗒 생각해 보기

· 문화예술 산업 초기의 기술 위주의 산업에서 감성 위주의 산업으로 변
  화한 이유는 무엇인가?

_____

_____

_____

_____

국내 문화예술 산업에서의 감성리더

문화예술 산업에서 한국은 드라마를 통해 한류열풍을 시작하였
고, 음악을 통하여 신한류를 이끌어 나가고 있다. 이 신한류를
이끌어나가는 대표적인 주역은 바로 SM엔터테인먼트, YG엔터
테인먼트, JYP엔터테인먼트이다. 이 세 회사의 설립자는 이전
가수 출신이라는 공통점이 있다. 이들은 회사를 설립한 후 안
정된 시스템을 구축한 후 본인들은 경영보다는 프로듀서 역할
에 집중하고 있다. 이는 좋은 프로듀서와 좋은 경영자는 다르
다는 것을 인식하고 있음을 보여준다.

  SM엔터테인먼트는 이수만이 설립한 회사로 1989년에 창립
하여 1995년에 아이돌 기획사로 전환하면서 국내 엔터테인먼트
계를 선도하고 있는 기업이다. 창립자인 이수만은 한국에서 가
수와 MC로 활동하다가 1981년 컴퓨터공학을 배우기 위해 유학

을 간 미국에서 팝문화와 MTV에 큰 감명을 받고 연예기획자를 꿈꾸게 되었다고 한다. 한국으로 돌아와 다시 앨범을 내었으나 실패하자 프로듀서로 전향했다. SM엔터테인먼트는 전형적인 아이돌 이미지를 구축하면서 다양한 세대를 아우르는 팬덤을 만들어내는데 능숙하다. H.O.T. 이후 해외의 가장 최긴 음악 트렌드를 받아 들이면서 소위 블록버스터형 아이돌을 만들어 내면서 대대적인 홍보를 해 왔다. 2012년부터는 예능부분도 강화하면서 산업다각화하고 있다. 또한 'SM타운'이라는 가상국가를 만들어 팬들에게 여권을 발행하는 등 SM이라는 이름 자체를 브랜드화하고 있다.

YG엔터테인먼트는 서태지와 아이들의 맴버였던 양현석이 세운 회사로 양현석은 자신의 주관이 뚜렸한 서포터형 기획자로 알려져 있다. 따라서 SM엔터테인먼트와는 달리 개성있는 그룹을 만들어 내며, 맴버가 각자의 개성을 가지고 무대를 선보이는 것이 특징이다. 반면에 실력을 중요시하기 때문에 자신에게 인정을 받기 위해서는 스스로 노력을 해야 하며, 열심히 하지 않으면 살아남기 어려운 곳이 연예계라는 무언으로 보여주는 스타일이라고도 알려져 있다. YG엔터테인먼트는 자유로움을 추구하기 때문에 개성과 독창성에 다른 두 엔터테인먼트사에 비하여 앞서 있다. 그룹에 속해 있는 맴버들이 활발한 개별 활동을 하면서 각자 다양한 음악적 매력을 보여주고 있으며, 단순히 아이돌을 만들어 내는 회사가 아닌 아이돌 이후에도 실력 있는 가수로 남을 수 있는 인재를 발굴하여 양성하고 있다.

JYP엔터테인먼트는 가수 박진영이 설립한 회사로 박진영은 가수시절부터 뚜렷한 자신의 취향으로 많은 논란이 되기도 했었다. 친근한 외모와 편안한 이미지를 추구하고 있으며, 사람들이 쉽게 공감할 수 있는 가사를 내놓는 것이 특징이다. SM엔터테인먼트나 YG엔터테인먼트 출신의 연예인들은 어디에 있건 연예인 같다는 느낌을 주는데, JYP엔터테인먼트 소속 연예인들은 가족적이고 친근한 이미지를 줄 수 있도록 하는 것 또한 특징이다. 또한 다른 기획사들에 비하여 퍼포먼스를 중요시 하는 것도 특징이라고 볼 수 있다. 하지만 박진영이 소속 가수들의 음반제작부터 프로모션까지 적극적으로 참여하기 때문에 대부분의 소속 가수들의 타이틀곡의 창법이나 분위기가 박진영식 음악에 집중되어 있다는 것이 단점으로 평가되고 있다.

한편 문화예술 산업은 특히 여성 인력의 중요성이 높은 산업이다. 그 이유는 창의성과 섬세한 문화적 감수성을 가진 여성이 문화산업에 적합한 장점과 잠재력을 가지고 있기 때문이다.

2006년 장미혜 한국여성정책연구원 연구위원은 "여성인력의 유입은 문화에 여성 및 소수자의 시선을 반영함으로써 문화생산물을 다양화하고, 새로운 시장을 개발함으로써 문화콘텐츠의 외연을 확장시킨다."라고 주장한 바 있다. 또한 팀 단위로 이뤄지는 작업 특성상 여성 특유의 감수성과 의사소통 능력이 여성의 경쟁력을 강화시킨다는 의견도 있다. 한편 문화콘텐츠 소비자의 대다수를 여성이 차지하고 있는 것도 문화예술 산업에서의 여성의 중요성을 보여준다.

부가가치가 높지만 위험성이 높은 문화예술 산업은 감성과 느낌을 사고 파는 것이기 때문에 리더의 감수성과 창의력이 매우 중요하다. 여기에다 매 순간의 리스크와 투자가치를 빠르게 계산해 낼 수 있는 순발력, 자신의 직관을 끝까지 밀어붙일 수 있는 배짱도 있어야 한다.

게임회사 중 하나인 소프트맥스의 정영희 사장은 감수성과 배짱을 겸비한 CEO로 알려져 있다. 정영희는 1993년에 소규모로 창업한 소프트맥스를 8년 만에 코스닥 등록기업으로 키워 놓았다. 정영희에 따르면 여성 특유의 섬세한 감수성과 포용력은 상품기획은 물론 전체 조직을 원활하게 이끌어가는 데 큰 도움이 된다.

2016년 1월 전자신문에 따르면 문화예술 산업의 각 분야에서 여성적 특성을 장점으로 살려 성공을 거둔 CEO들은 10여명에 이른다. 각 분야에서 두각을 드러낸 여성 CEO까지 합치면 20여명을 넘어 선다고 한다.

특히 게임산업계에서 여성 CEO들의 활약이 두드러지는데 대표적인 예로는 마리텔레콤의 장인경 사장, 제이씨엔터테인먼트의 김양신 사장, 비스코의 이지영 사장, 웹젠의 이수영 사장 등이 있다.

영상분야에서도 여성들이 창업을 하여 성공을 거두고 있는데, 1996년 영화티켓 등의 온라인예매 전문업체인 지구촌문화정보서비스를 창업한 우성화 사장이 대표적인 인물이다. 우성화는 영화판에서 숱한 어려움을 이겨내고 티켓링크라는 이름의

극장예매 전산시스템을 구축했다. 또한 영화직배사인 파라마운트의 서영심 사장, 브에나비스타의 임혜숙 사장들도 영상분야에서 큰 활약을 하고 있다.

최근 각광받고 있는 애니메이션 분야에서도 나이트스톰미디어의 최안희 사장, 애니메이션 스튜디오 아툰즈의 이진희 사장, 캐릭터 전문업체 위즈엔터테인먼트의 박소연 사장, 아이코의 정진영 사장 등도 각 분야에서 입지를 굳히고 있다.

📋 생각해 보기

· 문화예술 산업에서 특히 여성 리더가 더욱 많은 관심을 받고 있는 이유는 무엇인가?

_____

_____

_____

_____

지난 8개월 동안 "감성이란 무엇인가? 우수한 성과를 위해 우리는 무엇을 해야 할 것인가?"에 대하여 많은 토론과 고민의 시간을 거치면서 땀방울 시간들의 연속이었다. 사회활동을 시작한 지 25년 남짓 나의 화두가 되었던 감성경영의 조그마한 학문으로써의 영역과 기업에게 조그마한 보탬이 되고자 했던 마음으로 이글의 시작과 끝이 있게 되었다.

21C 치열한 경쟁구도에서 작지만 강한 나라 한국에서 생존을 위해 그동안 버텨온 여러 사람들의 모습이 떠올려 지기도 하였다. 작은 미소도 하나의 움직임도 소홀함 없이 반영하며, 소통과 화합을 통한 상호 쌍방향 커뮤니케이션이 원활하게 실현하며 발전해 오고 있는 우리들의 메아리가 되도록 많이 고 뇌하고 또 고뇌하였다.

처음부터 학문의 길에 들어선 것은 아니었기에 항상 "사람과 현장에 답이 있다."라는 지침은 늘 나에게도 좌우명이기도 했다. 학문의 목적도 경영일선의 목적도 나름 소통하며 상호 인간관계속에서 최고의 성과와 감성적인 자아를 찾아가는 과정이라 생각하기에 미래를 설계해 볼만하다고 나름의 의미가 있음을 감히 밝혀 본다. 그러나 현실은 성과를 위한 목표로 우선

시 되다보니 상대방의 우수성이나 다름을 쉽게 인정하기도 싫지 않고 인간의 본성인 감성보다는 이성적인 관점에서 처리하는 경향이 대두되고 있는 것도 현 시점의 상황이다.

최근 2015년 9월부터 진행되었던 감성경영의 사례를 제시하며 경영의 일선에서 어떻게 실현되어 가고 있었는지 사례를 들어보고자 한다.

한국 보싸드㈜는 전 세계 최대의 기계조립 요소류 전문업체로 183년 역사를 가진 스위스 보싸드 그룹소속의 회사이다.

2000년도 한국 보싸드㈜를 설립하였고 국내 최대 규모의 Fastener(볼트/너트 등 기계요소류) 전문 업체로 성장(국내 200여개 주요 고객사 공급)하였다. 또한 전문 기술 지원 및 체계적인 물류 서비스 제공으로 탁월한 역량과 검증을 받은 글로벌 기업이라고 할 수 있다. B2B, B2C 다양한 서비스를 제공하는 기업으로 특히 오광람 CEO의 직원들에 대한 남다른 지원과 외유내강이신 CEO의 감성리더십은 많은 직원들에게 멘토로서의 역할을 충분히 인정받고 있다. 지난 2015년 5월 한국 보싸드㈜는 오광람 CEO와 감성경영 프로젝트 기획이 끝난 후 2015년 9월부터 2016년 2월 6개월 동안 "칭찬을 통한 감성경영실현 프로젝트"를 실시하였다. 2015년 하반기부터 실시되었던 프로젝트에서 전 직원은 힘을 합쳐 매월 1회씩 시기에 맞추어 교육에 참석하였고 전 직원들의 소통과 애사심을 증진시키는데 차별화된 역량을 보인 사례라 할 수 있었다. 메인 주력업종이 직접적인 B2C보다는 B2B로 주로 이루어지는 직무형태임에도 불구하고 대면 서비스의 중요성에 관심을 가지고 늘 고객을 위한 서비스와 직원들의 소통을 통한 감성경영실현을 하고자 했던 오광람 CEO와 전 직원의 화합의 의지는 많은 직원들에게 상호 감성의 울림이 되어 현재에서 더 나아가 미래를 위한 한국 보싸드㈜의 위상과 함께 글로벌 기업으로 최고의 성과를 거두고자 오늘도 힘쓰고 있다. 2016년 칭찬경영을 책임지시고자 새로 부임하신 김태하 부장님에게도 무한한 축하를 드립니다.

또한 2015년 "칭찬 감성경영 실현"을 위해 뒤에서 함께 고뇌하며 참여 해 주었던 하주영 과장과 이은호 코칭님에게도 고마움을 전한다.

2015. 09. 24. 목 한국 보싸드(주)

현재 우리는 감성의 시대에 살고 있다. 시대가 변화하면 그에 따른 리더십도 변화하여야 한다. 리더십에 따라서 조직목표 달성이 달라질 수 있기 때문이다. 사회에서 리더십이 필요한 이유는 개개인의 역량을 집결시켜 집단 역량이 시너지를 촉진할 수 있도록 해야 하며, 집단 및 조직성과를 좌우하고, 구성원들의 목표달성에 공헌할 수 있도록 사기를 높임으로서 개인적 관심과 이해보다 직무만족과 조직몰입에 더 많이 기여할 수 있기 때문이다. 또한 구성원들이 개인역량을 배양하도록 촉진해야 하며, 전반적인 외부환경 변화에 대한 정보를 전달하면서 개인과 조직의 발전을 위해 새로운 아이디어나 방법을 추구하고 변화를 촉진해야 하기 때문이다.

진정한 리더는 격변하는 환경에서 조직목표를 명확히 하고 구성원들에게 나아갈 방향과 비전을 제시해 주어야 한다. 감성의 시대에 살고 있는 우리들에게 '감성리더십'이 인기를 꾸준히 얻고 있다. 감성리더십은 타고난 것이 아니라 꾸준한 학습과 훈련을 통해서 배우고 익힐 수 있다. 자녀를 둔 부모들도 자녀들의 '감성 능력'을 키우기 위해 어려서부터 교육을 시키고 있다.

그러나 한국의 기업문화는 아직도 권위적인 문화가 지배적이다. 감성사회에서 권위는 더 이상 사람들이 따르게 할 수 없다. 따라서 권위의식을 버리고 사람들이 따를 수 있는 감성으로 접근해야 한다. 아마도 늘 리더는 성과와 감성의 차이애서 경영의 목표를 실현함에 있어 누구보다도 이 순간도 고민하고 있으리라 생각된다.

IMF 이후 많은 기업들이 성과급, 연봉제의 임금체계를 도입하고 있다. 그러나 최근 성과주의의 부작용으로서 단기적 성과 집착, 조직 및 개인 간 팀워크 저해, 지나친 이기주의적 행동, 정성적 성과 측정의 애로, 핵심성과지표 선정의 공감대 부족, 목표항목이 아닌 부수적 업무의 수행 경시 등이 나타나고 있다. 이러한 부작용의 발생으로 성과만을 지향하는 성과관리 방식에도 자성의 움직임이 나타나고 있다.

리더가 조직 내에서 하는 행동은 과업지향행동과 관계지향행동으로 구분된다. 과업지향행동은 리더나 조직에게 주어진 과업을 제대로 수행하기 위해 필요한 행동이다. 이는 목표 설정과 역할 배분, 명령과 지시, 통제와 감독, 성과 평가와 질책으로 나타난다. 커뮤니케이션 행태로는 리더 중심으로 말하는 성격이다. 과업지향행동은 합리성 추구라는 조직 행동에 바탕을 둔다. 반면에 관계지향행동은 부하와의 상호관계 형성 및 유지를 위한 행동이다. 이는 상대를 지원, 지지, 격려, 칭찬, 인정해주며 공감과 경청, 동기부여의 형태를 취한다. 커뮤니케이션 행태로 상대의 얘기를 잘 듣고 이에 답하는 쌍방적 성격이다. 관계지향행동은 감성 추구라는 인간 행동에 바탕을 둔다. 감성 시대에서는 오히려 관계행동을 잘 해야 조직성과가 오른다. 칭찬과 격려해주며 마음을 잘 읽어 주어야 좋은 성과가 나는 것이다.

 전 세계적으로 감성리더십의 효과가 큰 관심을 받고 있으며, 우리나라도 이를 벤치마킹하여 도입하고 있는 추세이다. 감성리더십의 결과는 당장 눈앞에 나타나지는 않지만 장기적인 관점에서 볼 때, 조직과 조직원의 발전에 큰 기여를 한다.
 이를 위해 가장 중요한 것은 리더는 감성리더십을 발휘하기 위하여 꾸준히 훈련을 해야 하며, 감성리더십을 통한 감성 경영을 할 때에도 일회성 이벤트나 행사로 끝나서는 안 된다는 것이다. 감성리더십의 근간은 '신뢰'와 '인내'에서 시작한다는 것을 명심하여야 한다.

 오늘 마지막 탈고를 앞두고 출근하는 길에 "제13회 유관순 평화 마라톤 대회(2016년 5월 15일 천안독립기념관)"가 걸린 현수막이 눈에 들어왔다. 일주일 전 나는 다시 유관순의 전기를 접했던 시간들이 있었기 때문이다. 왠지 모를 정서와 얼이 새삼 다시 느껴졌다. 그 어린나이에도 당당 할 수 있는 자신감 & 나라를 사랑하는 마음 등 누구도 흉내 낼 수 없는 감성이 아니던가? 출옥 이틀을 남겨두고 세상을 하직한 안타까움을 뒤로하고 당당하게 "나라에 바칠 목숨이 오직 하나밖에 없는 것이 슬픔이다." 라고 했던 유언 한마디 한마디가 공간에서의 나의 삶을 소중하게 만들어 버렸다.

그녀의 감성과 리더십 빛의 끝이 안보였다. 안서골에서 이 글의 끝을 맺는다.

감사합니다.

2016년 5월 15일

김미경